蓝 书

李志勇 ◎ 著

『六棱石』丛书 大解 ◎ 主编

花山文艺出版社
河北·石家庄

图书在版编目（CIP）数据

蓝书 / 李志勇著. -- 石家庄：花山文艺出版社，2024.10
（"六棱石"丛书 / 大解主编）
ISBN 978-7-5511-1797-5

Ⅰ. ①蓝… Ⅱ. ①李… Ⅲ. ①诗集－中国－当代 Ⅳ. ①I227

中国国家版本馆CIP数据核字(2024)第095440号

丛 书 名：	"六棱石"丛书
主　　编：	大　解
书　　名：	**蓝　书**
	LAN SHU
著　　者：	李志勇
选题策划：	郝建国
出版统筹：	王玉晓
责任编辑：	王　磊
责任校对：	李　伟
装帧设计：	陈　淼
出版发行：	花山文艺出版社（邮政编码：050061）
	（河北省石家庄市友谊北大街330号）
销售热线：	0311-88643299 / 96 / 17
印　　刷：	保定市正大印刷有限公司
经　　销：	新华书店
开　　本：	787mm×1092mm　1/32
印　　张：	7.5
字　　数：	120千字
版　　次：	2024年10月第1版　2024年10月第1次印刷
书　　号：	ISBN 978-7-5511-1797-5
定　　价：	52.00元

（版权所有　翻印必究・印装有误　负责调换）

总序：辨识度，是衡量一个诗人价值的绝对尺度

大解

在当代诗人中选出六位辨识度极强的诗人，是件有意思的事情。

本套丛书共收录谢君、曹五木、李志勇、李双、泥巴、高英英六位诗人的诗集，花山文艺出版社社长郝建国将其命名为"六棱石"丛书，寓意来自天然水晶的形态。水晶是六棱的透明的宝石，坚硬，清澈，棱角分明，每个侧面都在闪光。把六位诗人集结在一起，是缘分也是必然。他们的诗歌个性鲜明，在诗人群体中闪烁着不一样的光芒，这令我印象深刻，因此选择了他们。

现代诗经过百年的不断探索，跌宕起伏走到今天，已经进入了静水深流的平稳期，有信心、有能力的诗人们潜心于创作，产出了许多优秀的作品，并成为汉语文学中的重要收获。同时也必须承认，由于诗歌潮流的巨大惯性，诗人们在大致相同的历史语境下，创作取向明显趋同，同质化写作已经引起了人们的警觉和有意回避。如何在群体中确立自己的独特话语体系和精神面貌，彰显出个性，已经成为少数

探索者的努力方向。在这样的写作背景下，作为一个诗人，作品的辨识度变得尤为重要，甚至成为衡量一个诗人存在价值的绝对尺度。

当下优秀的诗人和诗歌作品，可以拉出一个长长的名单，但我从众多的诗人中挑选出谢君、曹五木、李志勇、李双、泥巴、高英英这六个人，我看重的就是他们独特的诗歌特质、极具个性的辨识度。我关注他们的作品已经很长时间，有的几年，有的二十余年，最终把他们集结在一套丛书里，介绍给读者，也算是完成了一个心愿。下面我单独介绍这六位诗人。

谢君　解读谢君的诗，需要关注两个向度，一个是当下现场，即具象的现实世界；另一个则是跟随他进入历史的云烟，一再复活那些消逝的岁月。他在当下事件与过往经历的纠缠拉扯中，总是略有一些倾斜，为回归历史预留下较为宽阔的空间，并且多层次、多角度地深入每一个具体的瞬间，甚至在细节中抽出一些多出来的东西，而那些多出来的东西也许就是诗的灵魂。他似乎从每一个事件的节点都能找到回归往昔的路径，而且越走越深，越走越远，直至将个人的经历扩展为大于自身的时代梦幻，乃至构成漫无边际的生存背景。而这些构成他精神元素的东西并非谢君所独有，那是一个无限开放的空间，谁也无法封存人类共有的资源，甚至谁都可以挖掘和索取，可惜的是，健忘症已经抹去了无数人的记忆，只把那些有价值的东西留给少数人，而谢君恰好在此找到了属于自己的语言路径。他自由往返于个体记忆与集体记忆之间，把历史默片制作成具有个人属性的有声专集，在这专集里，他是主演，同时也是旁观者，他亲历、记录、发现，他用自身代替了一个庞大的群体，在独自言说时收获了历史的回声。在他的语言世界里，有刺痛，有忧心，有焦虑，有绝望，也有希望和百折不挠的生命力。而在表现方式上，我非常喜欢他的言说语气，他的叙述似乎带有迷惑性，具象而又迷离，跟随他的诗行，你会感受到他的体重，他的艰难，他负重的脚步……他像一个殉道者踏着荆棘在寻找精神的边界。他的诗，总是在向上拉升的同时，显示出反向的沉沦和历史的重力，并以此提醒人们注意这个世界的复杂性。

曹五木 我认识曹五木二十多年了，最早给我震撼的是他的一本开本极小的口袋书《张大郢》，虽然只是自印的一本小册子，但是这本诗集的冲击力让我至今难忘。他的放松、自由，甚至野蛮、无拘无束的书写方式，也可以说没有方式，他想怎么写就怎么写，其大胆而纯粹的诗性叙述，就像在荒原上开出一条先河。此后，我一直跟踪关注曹五木的诗，也看到他的一些变化。《张大郢》是一个完整的寓言，而收入诗集《瓦砾》中的诗，则是他多年的作品结集，时间跨度二十多年，他把寓言打成无数个碎片，通过每一首诗呈现出不同的人间世相，或者是精神幻象。他的视角往往是经过多重折射甚至是弯曲的，因而他的诗无论是清澈还是混浊，都已经穿透现实并且脱离了事物的原意，呈现出飘忽的不确定性。而在他独特的表述中，语言总是自带光环，散发着迷人的光晕。更难能可贵的是，他紧贴地面的写作姿势，给他的寓言建立了现实的可靠性和合法性，仿佛神话与生活原本就是一体，至少是同步。他总是毫不掩饰地把当代性埋伏在具象的精神肌理中，看似已经沉潜，而心灵时刻都在飞翔，而且带着原始的、本能的冲撞力。在曹五木的诗中，你能看到他的经历，也能感到他所构筑的语言世界，以多重幻象回应着现世，而他在现实与非现实中游走自如，仿佛地心引力只是一个假设，并非真的存在。

李志勇　我跟踪李志勇的创作已经将近二十年，在这个千帆竞技的时代，他的诗是个异数。他与所有人不同，以其独特性确立了自己卓尔不群的艺术风格。通俗地说，没有人像他这样写诗。他的客观、冷静、安宁、纯净，几乎到了"令人发指"的程度。他忽视了时间和急速流变的过眼云烟，把慢生活写到了静止的程度，仿佛处在一个凝固的世界。他本身就像一个静物，与周围的山川、河流、石头、雨雪、树木、一花一草和谐共居，并专注于对远近事物的凝视和书写。他异于常人的观察和理解世界的方式，他的角度，他的想象力，他的略显笨拙的语言表达方式，他的行文风格，他的不可模仿和复制性，都让人着迷。诗坛上只能有一个李志勇。就凭这一点，他可以骄傲地把脚翘到桌子上写作，而不必受到指责。

李双 关注李双的诗，不超过一年的时间，一次偶然在微信中发现了他的诗，一下子就被他迷住了，此后便盯住了他。让我说出李双诗歌的特征是费力的，他几乎是一个无法把握和定性的诗人。在他的笔下，即使是一首单纯的诗，里面的向度也是多重穿透并且相互交织的，其复杂程度不亚于一个不断被重组的梦境，模糊而又失序，却散发着神秘的气息。他试图用梦境笼罩现实，或者说把现实拆解为碎片并提升到高空，让每一个失重的物象独自发光，并在混沌中构成一个星移斗转的小宇宙。寓言帮助了他，允许他任意使用世间所有的元素而不用考虑其合理性，他自己就是制度和法官，同时也是语言的暴力僭越者，在诗中逃亡。他的诗是抓不住的，有些甚至是不可解的。我不愿像统计师那样条分缕析地去梳理他的现实和精神脉络，以求得出一个正确的答案。他的诗可能是不正确的典范，会让那些循规蹈矩的人们穷经皓首也得不到要领，因为他的诗歌出口太多，每一条路径都通向不可知的去处，恐怕连他自己都会迷路。读他的诗，我总有一种突兀感和撞击感，似乎是对常理和语言的冒犯，但又无可指摘。我惊异于他的胆量和独一无二的表现方式。如果不考虑沉潜和谦逊，李双可以举着大拇指走路，作为一个孤勇者，他可以目不斜视。

泥巴 一次偶然在微信中读到泥巴的诗，然后搜索到他更多的诗。此前，我并不了解这位诗人，后来我通过朋友圈联系到他，并向他约稿。正如他的诗集名字《我在这里》一样，泥巴的诗写的是这里、此在、当下、正在发生的事件。他所说的这里，其范围甚至小到具体的教室、居所、卧室、最亲的家人，包括他自己。他没有波澜壮阔的生命经历，没有英雄事迹，他就是生活在上海的某个小区里的一个普通人，每天上班下班，家居生活，吃饭睡觉。他的诗写的就是这些普普通通的生活，语言也不华丽，情感也不激荡。苦和累，疾病和健康，幸福和不幸，都被他作为命运的安排和赐予，平静地全盘收下，无欣喜也无悲伤。他的诗，平静、安然、温馨、豁达、感恩，一切都是那么亲切和真实。他的在场性抒写是与生活同步的，既不低于现实也不高于现实，却大于现实，成为一个人的心灵档案，甚至构成一个人的命运史诗。我喜欢他诗中的真、实、坦然、毫无修饰的复印般的详细生活记录，他的自言自语，他的小心思和大情怀……他以囊括一切的怀抱，几乎是把生活原貌搬进了诗中，朴素、自然、平和，春风化雨般了无痕迹，在个人的点点滴滴中露出一个时代的边角。他的创作实践，让我们知道，诗歌可以像空气一样包裹万事万物，一切都可以成为诗。或者说，泥巴给了我们一个写作范式，生活本身就是诗，语言所到之处，泥土和空气也会发光，万物在相互照亮。

高英英 接触到高英英的诗，是近两年的事情。她是河北诗人，虽然我们居住在同一座城市，但我此前对她并不了解，也缺少关注。直到有一天，我在微信上偶然读到她的诗，也就是诗集《时间书》中的第一辑"长歌"中的一部分,《鲲鲟》《神造好一座山》《不周山》《济之南》《泰山》《长安》《煮海》《一天》等,读后我沉默了许久,有一种被惊到的感觉,很难想象这些诗出自一个年轻诗人之手。我见过高英英两三次,都是在文学活动中,印象中她是一个文静内向的女子,很少说话,几乎没有存在感,没想到她的诗竟然是如此奇崛,高山大海,波澜壮阔。她的这些诗"胆大包天",穿过现实直奔寓言和神话,她仿佛是创世主的一个帮手,在语言世界中对山川风物进行了再造和升级,成为一种耸入云端的精神存在。中国传统文化中有许多古老的元素,像种子一样沉淀在我们的文化基因中,只有获得息壤的人才能拓展土地的边疆并让万物发芽。在创世语境中,神话没有边界,语言大于现实,并且随意生成,不存在禁忌,所写即所是。但是高英英并非一直沉浸在神话中,而是拍了拍手上的泥土,收工了,不干了。像神脱掉光环,显现为肉身,高英英选择从太古的幻象中抽离,又回到现实世界中,直面日常琐事,成为一个职员和家庭主妇。她的《银行到点就关门》等书写日常生活的诗篇,让我们看到一个普通人的一面。这也是她的多面性。高英英的诗还在不断变化中,我相信她有能力走得更远。

以上这些是我根据自己的阅读感受和理解做的一些短评，难免有谬误或偏颇之处，好在读者自有其评判尺度和标准。谢君、曹五木、李志勇、李双、泥巴、高英英这六位诗人的诗，风格各异，创作路数完全不同，每个人都是不可替代的，也都是我看重的诗人，今后我还将继续关注他们的作品。我知道，汉语诗坛上具有个性的诗人何止这六人，这套"六棱石"丛书只是一个发现和推送的开端，今后若有机会我愿向读者推荐更多的诗人和作品。

2024 年 3 月 10 日于石家庄

自序

李志勇

在吴刚伐桂的神话传说中，吴刚受上天惩罚被发配到月亮砍伐月桂树，月桂树随砍即合，吴刚每砍一斧，砍下的枝叶就会长回树上，树从没被砍倒，砍伐也从没停止。同样在希腊神话传说中，也有个类似的人物西西弗斯，受罚后每天都要推石上山，石头到山顶后又会滚下去，他又要下山重新去推，永无止境。加缪看到了其中荒诞的一面，认为西西弗斯是荒诞英雄，将其当作了人类生存荒诞性的典型象征。吴刚伐桂的传说存在千百年了，为什么我们就没人发现吴刚伐桂中荒诞的一面？荒诞这种概念、这种感受为什么没有出现在古代的诗人或者作家笔下？回答这样的问题会是艰难的、复杂的，其中一定会有"现代"两个字的存在。现代或者说现代性是实际存在的，所以，现代诗也是存在的。自己多年来所写的诗歌、想写的诗歌，大概就是这一类的现代诗。不为别的，至少要让自己，或者也让别人能看到类似吴刚这样的遭遇中荒诞的一面，然后也看到荒诞中他们不屈的一面。

尽管诗歌挡不住任何一辆坦克，但它的价值一定是存在的，只是对不同的人、在不同的时候表现的不大一样。卡夫卡说，当你活着的时候应付不了生活，就应该用一只手挡住笼罩着你命运的绝望，同时，用另一只手草草记下你在废墟中看到的一切。在某些时候，写作的那只手其实才正是挡住绝望的那只手。这么说似乎是非常相信写作的力量、文学的力量了，但是有时候自己也还有怀疑，因怀疑进而就有悲观。就这样一边写诗一边怀疑诗歌的价值，换一个积极的说法就是，一边写诗一边也在探索、感受诗歌的价值到底在哪里。在这里也可以把"诗歌"换成"人生"，换成各种各样的概念、判断，写作多多少少就带上了求证的语调，词语间总是闪烁着种种的疑虑困惑。好在怀疑是一个过程，看不到尽头，无法结束，因而也就伴随了自己一路。可以通过改写美国诗人大卫·伊格内托的两句诗来总结：诗歌就是怀疑的一片火苗，温暖着我们的身躯。

写了许多年，现在把这些诗作汇集成书的时候，感到书似乎也是一种文体，有着比任何文学体裁都大的空间和容量。希望自己的诗作也能带有书的那种厚重感、丰富感，以及最后获得的那种久远感，哪怕是有种工具书的实用感也行,这样便不会很快地从人们的书柜里消失。

  这本诗集得以出版,感谢大解老师,感谢花山文艺出版社。

目录

望远镜和杯子

望远镜 / 003
墨水瓶 / 004
空气 / 005
帐篷 / 006
杯子 / 007
喷泉 / 008
镜子 / 009
玻璃（一）/ 010
玻璃（二）/ 011
隧洞 / 012
试管 / 013
笔 / 014
电影 / 015
星球仪 / 016
灯 / 018
举例 / 019
书 / 021
天空中 / 023
收音机 / 024
河 / 025

信 / 026

木桌 / 027

碗 / 028

在中午 / 029

墙壁 / 030

钟 / 031

车轮 / 032

火车 / 033

长矛 / 034

花园 / 035

热气 / 036

杨树 / 037

散步 / 038

蛛网捕捞

桥 / 041

鸟（一）/ 042

钥匙 / 043

九月 / 044

冬天 / 045

七月 / 046

水磨房 / 047

蛛网 / 048

十二月 / 049

树 / 050

祝河流身体健康

夫妻 / 053

秋天 / 054

梨花 / 055

手 / 056

空中的烟 / 057

春天 / 058

宽裕的空气 / 059

回信 / 060

月亮 / 061

夜 / 062

病孩子 / 063

泉水 / 064

牛角 / 065

飞鸟 / 066

一只手 / 067

小镇之春 / 068

夜晚诗歌 / 069

鸟的文字 / 070

风(一)/ 071

风(二)/ 073

气枪摊 / 074

雪 / 075

墙 / 076

院子 / 077

蓝书

傍晚 / 078
从高速公路离开 / 079
冬夜街头 / 080
写信 / 081
夏日傍晚 / 082
街道 / 083
在中年 / 084
啥 / 085
河水 / 087
石头 / 088
存在 / 089
寂静 / 090
暮色 / 091
傍晚前后 / 092
夜半 / 093
风从山岗上吹下来 / 094
大象 / 096
往一个旋转的东西上写字 / 098
写作 / 099
文学史 / 100
你的钟 / 101
作品 / 103
季节 / 105

汇聚的困惑

彩虹 / 121
六月（一）/ 122
谈话 / 123
山坡上 / 124
夜间散步 / 125
两只手 / 126
红果 / 127
乌鸦 / 128
羊 / 129
高原湖泊 / 130
我的树 / 131
母亲 / 132
回家 / 133
天空 / 134
记录 / 135
供热公司 / 136
作品说的话 / 137
音乐 / 138
类似 / 139
作为镜子 / 140
地图 / 141
房间 / 142
牛肉面 / 143
狼和小羊 / 144

采访 / 145
鸟（二）/ 146
灯火 / 147
力量 / 148
洋芋 / 149
真理 / 150
象征 / 151
任务 / 152

红桦树和水磨房

高山上 / 157
命运 / 158
草棚下 / 159
下午 / 160
父母坟 / 161
公园 / 162
今天——汶川大地震纪念 / 163
秘密——汶川大地震纪念 / 164
十一月二日 / 165
再次梦见童年拾麦穗的夏日 / 166
磨房 / 167
冬夜守灵 / 168
药片糖衣 / 169
父亲 / 170
一只冻死的麻雀 / 171

树枝 / 172

童年西瓜 / 174

清点 / 175

休息 / 176

墙角 / 177

平静 / 178

夏天在州自来水公司那边 / 179

夫妻生活 / 180

烟 / 181

傍晚 / 183

手表 / 184

道路 / 186

等待 / 187

旷野 / 188

土炕 / 189

院子中 / 190

厨房 / 191

六月（二）/ 192

冬日的河水 / 193

甘南集 / 194

文字——甘肃舟曲泥石流灾难纪念 / 198

篮球 / 199

山峰 / 200

早春 / 201

在山里 / 202

李子花 / 203

蓝书

樱桃 / 204
群山 / 205
红嘴山鸦 / 207
红桦树 / 208
初夏 / 209
送饭 / 210
泉 / 212
喂马 / 214

望远镜和杯子

望远镜

一团巨大、沉重如云朵般移动的东西
在望远镜里,让人窒息
一本书在另一座城市,但是用望远镜你也能读到
甚至还能隐隐地看到地平线处有一道
语言的界限
没有人在那里行走。你也只是喝着茶
听一只狂怒的猛虎在望远镜里面吼叫
视野,也是一种安排,一种提前给出的东西
而你真正要想的
是个人的视觉
望远镜滋养了许多人
但你最后拿到手里的,仍只是那个空无的视野
你一个人,在望远镜中的那些荒野上跋涉着
望远镜在跟随着你成熟,跟随着你冷却
最后很可能,你也要用望远镜
去看你写下的文字
然后在这边,一一从容地修改它们

蓝书

墨水瓶

墨水瓶,非常像一个无头者的塑像
但我希望在我的纸上,他仍能继续进行搏斗
墨水瓶里,储存的东西已经很多了
足够一个人在荒野上坚持下去
在冬天,墨水仍然不能喝
但也在不断减少。树木伫立在雪中
但它们也都想离开这里,去吸收另外的水分
随着春的到来,墨水里的冰层也开始化了
田野上,一些地正在播种,一些地已经种完
我也回到了屋里
一边写,一边等待着瓶中的墨水慢慢上升

空气

空气经常被人干扰,被他们拿走、用掉
然后空气再生长出来。它的枝条,又细又长
窗前,在一本打开的书上,那些诗句
都可以用来检查人的呼吸,是平缓还是着急
空气,从不出走或是躲开一个人的呼吸
空气向人保证了
所有星星掉落,穿过空气时都要让它燃烧
所以人们才安心地一口一口呼吸着它们
空气能带着更多的鸟越过山脉,有时候空气
就像瀑布一样从山崖上往下流淌着
而在纸上,在词语和词语之间,可能才是真正
空着,什么也没有,连空气也没有,但人还要
从那里一一穿过,走向远处
屋子安静,可以看到镜子里也存在着空气
一些花在山上落了下来,然后能看到
空气又慢慢涌入了镜子里更深的地方

帐篷

在帐篷法庭、帐篷小学外面，苍穹是一顶
更大的帐篷，广袤美丽但也是临时的
甚至在我纸上，在一些句子中间
也有帐篷一样的词语
它们搭建在那里，在风中轻轻晃动着
在这些帐篷里，人们也保存过最爱的东西，或者
是帐篷一直跟随着这些东西在不停地迁徙
在草原上，它的张力全体现在扯起它形式的
那一根根绳子上面——大部分帐篷
结构都和天空一样，有的已简化了很多
在草原上，在公路边，经常地都能看到它们
里面没人，风中它的布帷像水面一样起伏着
那是另一种形式的墙壁，随风轻轻在晃动
人们欣赏的，基本都是在那晃动中产生的东西

杯子

杯子里，有着人们未知的寓意
我们靠杯子的
形式喝水。我们需要的基本都是形式

有时，我们甚至也能握着这种形式取暖
在这形式中反映出的事物，清澈、安静
带着杯子的面目

杯子上，可能一些地方也有虚构，但摸上去
手指下也有光滑、冰凉的感觉
杯子上，一些地方甚至还有声调，使杯子

听上去也一片明亮、清澈
太阳高悬天空，在中午
杯壁、杯口还有杯子里的那点儿虚空，都在
熠熠闪烁

喷泉

高空中可能也有某种天体和这喷泉相反
不是喷涌,而是吸收,甚至吞噬着一切
但是最终形成的可能还是一种循环

我在屋里低头写作时,喷泉也没停着
那些从水管或是笔尖中喷涌出来的
可能都是地底下的东西

喷泉,在广场上等着老虎或是一只鹿前来饮用
一些人仍像发动机一样,在地下努力着
喷泉对他们,只是一点儿小小收获的安慰

我写下的词,它们也在天天眺望我
只有我,散发着和它们一样的气息
这中间,只有读者,遮挡着我们

镜子

镜子背后也存在大脑,它思考着它望见的雪山
他们还把镜子推向更近之处,来观察
那些事物,为了更加清晰他们也在冒险

他们把它放在了旷野之上,看着里面出现的
雪、石头,来观察到底有没有冬天
镜子里有的可能才是真的

有人把他的镜子转向群山时,里面就会
出现群山,有人把他的镜子
转向山谷时,里面却是一片空白

应该早早就把万物装入镜子,到时它才会显现
当你装入,然后也可能会被清空,但你也还是要
敢于面对那个空空的、里面什么也没有的镜子

玻璃（一）

没人知道目光是否透过了玻璃，你观看但是
你看到的可能都是存在于玻璃中的公路、田野
玻璃外，存在的则是另一个世界

一些玻璃，已经被装入了人的眼窝深处
有时候一本书忽然也会玻璃般透明起来，能看
　得见
书背后的东西，它们远多于书里面的事物

你像鸟一样冲向窗户，撞到的可能也是
玻璃中的田野，只带给你的疼痛
真实、剧烈，只有你能感觉

一些人只能携带玻璃上路，才不会失去原来的
　世界
一些人只能面朝玻璃，接受到来的判决
而一些人，仍然在玻璃中缺席，空空的没有任
　何消息

玻璃（二）

玻璃仍然和刚诞生时一样透明、脆弱
一定要有人，一口口把生命的热气
呵到玻璃上，才能在上面写诗

观看者，不一定能超然在外，但隔上一块
玻璃就能做到，出现了外部世界
和内部世界——观看者至少能观看到
其中一个，同时也能观看到那块玻璃
一首诗是一块玻璃，一本书也是一块玻璃

透过玻璃，能看到杨树随风摆动，麦子随风
起伏，看到一个开放的又是封闭的空间
玻璃上呵满了热气，我们的一些过错
也适合写在玻璃上面，能看到又能轻轻擦去

蓝书

隧洞

词语更像隧洞,而不是空碗,你可以继续挖掘
或者穿过。隧洞里,一直有一些人行走着
脚步声能传到街上,甚至郊外也能听到

梦有时候也像隧洞,穿过人的大脑通往了远方
里面行走的人、里面的说话声可能都是梦见的
有些诗写在隧洞里,更多的是为了隧洞而写

有人在旷野上呼喊着,喊声也在空气中
开掘出了一条声音的隧洞,在它里面穿行的
就是语言

隧洞保护着我们,在里面没有风雪也没有孤独
隧洞前面,一直都有什么在闪耀,发出光亮
那可能是虚幻的出口,却是真实的亮光

试管

在一支玻璃的文学试管里,细菌被培养成了老虎
土屋被装成了宫殿,石头全都变成了蓝色
但是最后,闪光的仍然还是里面的文学

试管完全透明,随时都能看到里面的东西
随时你都可以把它倒空,或者继续往里添加东西
如果你有足够的勇气,也有漫长等待的耐心

通过试管,一些人在学习如何处理悲伤,如何
处理沉默。一些人,发明了新词
通过试管在岩石中找到了乳汁

有的人已经把书、茶杯、火柴,都投进了试管
甚至把自己也投入了试管,在里面
人到中年,仍如一个婴儿,体验失败和孤独

蓝书

笔

在笔的下面,"每一个词都是美学作品"
但没人能看清那被打磨、加工的原料是什么
人们看到的只是最后的作品

在纸上,笔尖要非常用力才会留下自己的痕迹
它甚至也会成为个人独有的特征。但是往往
也能在词语中,察觉到他人的痕迹

在纸上,也不是有了语言
之后才有书写。只是在
书写中,才能看到存在着一种语言

在纸上,不管用笔还是锄头,都能挖出书写所
　依靠的
那些文本,也能挖出纸背后书写所依靠的一个
读者,人们看不到他,而他却一直在那里控制
　着书写

电影

没有幕布,可能也就没有电影。有的电影
现在也还只是一块白布,挂在荒凉的山上
像一朵白云

偶尔,你也会从你的手帕或是一块抹布上
看到正在放映的一部电影,它再现了
逝去的岁月,夏天的山谷,孩子们的笑脸

电影需要那块白色的幕布,需要光,电影也
需要人们为它盖起屋子,让它不被风雨打扰
而讲述完一个故事,播放完一段风景

电影,很可能也只是这个世界的一层外壳。当
划开幕布,你从那口子里看到的可能会更多

蓝书

星球仪

作为星球，巨大、沉重是必须的。至少，当它碰到
我家门框时不会碎成一堆粉末，而是依然还能继续
按自己的速度旋转着，依然能运行在它的轨道上
我一个人，端着星球仪走进了自己屋里

屋里近似真空的空间，让它微微闪着亮光
如果再多一些星球，就能建出一条银河了
没有大气层包裹，当我的手触摸它时已不会燃烧了
我摸着那些无名的山峦、湖泊和群岛，像摸着

一种古代的盲文，里面或许就有真理，而我还不能
把握。有些山峦正在崩塌，而有些崩塌可能就是
建构。只要允许我们幻想，我们也能制作它们
做出一个星球的或宇宙的模型，来认识窗外的街道

认识窗外的田野、天空。那里，一片旷野敞

开着
有一棵树，一个人。更远处是一些星球在空
　气中
缓缓地旋转。我们在田野这边静默着
我们的语言，更像是另一个无边、深邃的宇宙

蓝书

灯

灯焰就像山峦，顶峰处也是蓝色的。在那山
　脊上
也许也有积雪，有一些岩石，散发着光芒
在那山脊上可能也有人站着，远眺着天空的边际
太阳还在很远的地方升起落下，落下升起

灯更像是专门为了锻造什么而点起的
炉火，深夜中，一个身影一直在它旁边忙碌着
挖掘的人，逃生的人，写作的人，都在灯边
灯能为所有幻想燃烧到天亮

灯担负着自己光的重量，静立在桌上
在灯焰中，人几乎所有的油都燃烧着
当它耗尽，一切也许就会呈现另外一种面目
但那，仍然还得通过灯来辨认

通过灯，事物把影子留在墙上，甚至灯自身
都会有一道影子，因为光的存在
灯走出屋子。灯上到高山之巅。灯来到了海边
闪耀着，也渴望大海碧波，渴望着水的宁静和
　冰凉

举例

举例来说,比如房子,一根木头在此成为房梁
一幢房子,最高的地方站着一位工匠,而不是
里面的泥塑或里面的主人
一幢房子只是一块砖走出的轨迹,包括
童年游戏时指定的家
和我经过的城市。一个人在
人群里身影消失像一根木头隐入了一幢房子

再比如电影,幕布一直挂在那里,上面
汽车已能够倒退着跃过河谷,人也已能飞上树梢
不管是什么
不管是影子还是真人在那里演出,都能让人心动
就像一个女人,不管是豆子作为符号
还是毛衣作为符号都能说出她的相思
多少年电影就一直像块布质的镜子,悬挂在人们
屋里,我们多少年都不可能上去
进到幕布上的房子或村庄里面,尽管
那里的可能才是一种真正的生活

再比如苹果,我经常寻找苹果,苹果在我们中间
已经不再指一个红脸的人,或一场酸酸的爱情了
苹果在纸上被切开成了"苹"和"果"

蓝书

当你说到它,把它送给别人,还真不知道
它还是不是苹果。苹果也无法摆脱
那位帝王的控制。如果不是
人和苹果一起生活,苹果
也不会是这样,它慢慢生长
它熟了就甜了,它熟了就自动地落下了

书

把一本书卷起来，就像做成了一个万花筒
里面，写在纸上的山岭、老人或市镇，清晰可见
每一次转动都带来不同的景象

把一本书卷起来，就像把它里面的风景重新组
　织了
一样。风变得有些清凉，夏天转眼就过了
每一次转动，可能都会填补一些空白，或是会
改变一处风景。人人可能都用万花筒观察过
里面的景色，甚至把身边的世界
都放进了里面，在转动中观察着、筛选着

把一本书卷起来，就能形成独属于你的长长的
　隧道
一些叫喊声，会从里面传过来
风，以及你自己都在挖掘着这隧道，来自出口
　的亮光
在向你展示希望。也许只有从这条隧道
才能让你从你的局限中走出来，到达明亮、宽
　阔的
另一个地方。那些印上词语的纸页，比岩石还
　要坚硬

蓝书

你独自走着，在不知不觉中就已越过了许多界限
在某些地方，在山腰或是海底都有这样的隧道
让你和许多人，包括一列列的火车，从那里穿
　了过去

天空中

一些天体，已像矿洞一样坍塌了，没人能够进去
一些天体还在经历几亿年时间的燃烧
这已很平常，当天气晴好，微风轻拂
出门上街的人们，都能理解天空并能承受
从天空落下的陨石、火焰和光束。有时候
马静静吃草，不用抬头也能感到天空的蔚蓝
它知道也还有远处星球上红色的火焰
飞船像只虫子在天空中，它的窗户里一直
亮着灯火，而很多人
只是看到飞船像一个符号出现在头顶上空
但天空中已不可能再有新的语言
一个人散步，慢慢地也会进入前面的虚空
里面什么也没有，因此才显得非常深邃宁静
呈现出了那种火焰的蓝色

蓝书

收音机

人们都能听到收音机里落下的雪
你转动音量，雪可能会变得更白，更为耀眼
落到一些山上，至少，雪的波段信号
在空中会变得越来越强，在北方
它们像真的雪花一样飞舞着。收音机给了
人们一个可以盲人般生活的空间，但是人们已经
通过潜望镜、望远镜这类东西，看到了很远的
　地方
一艘飞船，在空中耗尽了所有力量，沉没在了
太空深处，一动不动像溺亡者一样
收音机，证明了周围并不都是沉默无声
在北方，甚至落雪都能听到一些声音。太空中
某个星球上，可能也有什么在向这收音机发送着
它们的信号，但是现在，人们还什么也没有听到

河

水车，立在岸边像是河流的一组钟表
你甚至可以把手伸进河水，调整时光的转速
时间以及哲学，在水下面，将变得更为模糊
河水冰凉混浊，推动着伸进水里的一切
只有沉重的石头，能保持住静止
但在谈到河流时，却也无法保证就能把它
包括进来。在河水面前，语言即便
是一种工具，也常常捕捞不到什么，仅仅
只是置身于河水的一种方式
由于传播的困难，鱼们都不说话
鱼们在用另一种语言。所以，河水里也
可能满是鱼使用的符号，或者河本身就是
符号之流，在大地上奔涌而下
它们的意义你还不理解，却已越来越明亮和清澈

信

用你们写出的勺子,它闪着黄色的亮光
我舀出晚饭,一个人吃了
那点儿饭像一团火,在体内慢慢燃烧
作为一个你们虚构的人,我竟然看到了窗外
一个真实的黄昏
用你们写出的螺丝刀,我修理一台老收音机
它的后盖打开
看上去像是在修一座小型的城市
用你们写出的人来救我,如果
他是真的
此刻就会穿过田野奔跑过来
用你们写出的人
去穿过那条空空的街道,他高大沉静
用你们写出的斧子
去劈柴时我听到了空空的声响
我还用过你们写出的石头、盆子
我现在用的
是你们写出的小说
它闪着一种奇特的光芒
我现在正在慢慢地登上一座高山
让你们的虚构渐渐变为了真实

木桌

他们把木桌放在了最前面
遮挡着自己的身体
他们把它的腿收拾到了没有
一点儿活性的程度
他们把它搬到某个角落
放入了知识那条河流中
最为清澈最为冰冷的地方
仿佛那是块石头,最重
最能忍受寒意
他们抬着它到处
尝试,在地上测量和寻找
最为平静的地方
已经忘却了它不再敏感,不再
能够发出叫声
当死亡降临,他们把它
放在了最接近痛苦的地方
点上蜡烛
即使是白天
亮光,从桌上也将本身的那种尊严
带给了周围沉默的人们

碗

我有一只不会熔化的碗
如果屋子里
温度不是很高的话
碗空着，像一个体育场放在桌上
只有它给虚空提供了一点儿场地
没人说话，屋子里很静
没人把碗熔化后提炼过里面的虚空
相对于破碎的脸
碗非常完整
而天空却还有一些虫蚀的、鸟啄的
或是雨滴穿透的小洞
能看到外面宇宙深处的
黑暗。在炎热中，屋子里的一些风
可能就来自那里
碗像一个体育场放在那里
应该不会燃烧起来
它保持着一种空空的沉默
它像只钟表一样
有着幽暗的内部和几根精准的
碗的指针
计量着它到达熔化的时间

在中午

中午它开始形成,人们还在家中休息
它形成一只沉静的瓶子装入万物,里面
阳光温暖,山峰上还落着一些积雪
它形成一种秋天的空净
它形成母亲,在孩子的家门口叹息
它用手扶住门框观看里面人们走动、做饭
它形成一匹马
这里有难言的苦楚和强烈的阳光
在这里它是
一个词语,它是真的一匹马就没什么意义了
它和一张纸片躺在泥污中,它知道
人们不会如此轻易地放弃
阅读任何一个词语
因为那就是他们的孤独
它形成一种与世俱来的空寂
形成田野上真实的花草、树木
它也形成一只从未有过的动物
从人们身旁走过
这里有真正的房子、树林
在这里它是幻象
它是真正的事物
就不会被保存,也不会
一直陪伴着人们

蓝书

墙壁

扒在墙头上看到的,有时可能比站在山顶上
看到的还多。墙是人建造的,墙所在的地方
多半就是界限,都有不能越过的地方

有人说话时,声音还是穿过了墙壁。墙保护了
它让穿过去的语言,也多少改变了这些话语
一个人扒在墙头,看着外面的风景
雪就在墙那面下着,轻盈、洁白
墙传递着那些话,同时它自己也在默默倾听

墙和书一样也已成了一种载体,说话的人
虽然都在背后,但声音全都传了过去
大家沉默着,能感到墙背后的雪一片洁白,感到
说话者仍然可能存在着完全的自由

钟

把钟带到哪里,哪里就能出现一片寂静
有人把钟带进地道之中,那钟如同灯笼
也能在里面照路,帮人们找到一个藏身之处

把钟挂得越高,钟就越像要飘起的衣裙
但衣边上又保持着随时会落下来的重量
钟声能像一只大鸟从里面飞出
之后,回声像一群燕子在山峦间飞行
钟像是鸟巢,空空地悬挂在那里

它产生的声音就像是它抚育出来的一样
人们一生忙碌,一些时候只是把钟作为工具
挂在附近,让它在风里微微摆动
现在也已感到,钟已经开始敲打起了人们

蓝书

车轮

要达到正确是困难的，因为一直还有相对的
意义。汽车像一本小说一样将人带到
另一个空间后，车轮里一些东西还在发热

车轮相对于双腿才是超现实主义的想象，包括
它外部的圆形、里面的虚空都在发挥作用
如果人们把一些字写在车轮上面
车轮不停地旋转，它一定也会在不停地尝试
不停地组合中，找到人们可以理解的形式

然后它才能拉动一车湿重的木头离开那里
艺术，有时也意味着得能解决非常实际的
问题。道路延伸着，人们基本上看不到
历史的车轮，看到的都是沉重的现实

火车

盲人摸到的多半都是手指下盲文里的火车
真实的火车太过巨大,太过冰冷
一些火车正在行驶,只是从生活中一闪而过

要告诉盲人,火车也已经有了它自己的语言
多年以后语言延续的都是火车的存在,而不是
语言的存在。我们其实也和盲人一样
知道最多的都是在语言中存在的事物
谁也没有真正地摸到过它们,要么它们火车般

太大了,要么它们并不存在。河水不停流淌
山野开始转绿,盲人辨别着手指下的盲文
想象力也是一种生存的能力,因此,火车中
最后也只有很少的人起身,先走到了火车的终点

蓝书

长矛

尽管知道不可能刺中天空,有人也还是
向天空投掷出了手中的长矛。尽管长矛是
笔直的,最后留在空中的轨迹却是一条弧线

直线只能在地上画得出来。尽管地球表面
是弯曲的。长矛也还是能够造得出来
物理的世界遵循的都是艺术的规律,不可能
刺中虚无但也还是要有长矛,它笔直、锋利
在形式上,能把手臂的力量全部传达出来

某种文体,会以长矛的面目出现在我们面前
用长矛进行的书写,更能触及意义的世界
用长矛所用的符号记录、刻写下世界的种种
远比笔尖深刻,完整地保留了生活的面目

花园

嗅觉也能感受美,触觉也能产生很多的意义
在花园里,就像要把许多空中飞舞的蝴蝶
集中到一起,要把各种感觉慢慢统一起来

周围房屋们陈旧、安静,但也都给花园让出了
走过去的一条通道。有一点儿微微的凉意
那些花朵如果还在小睡的话,就会因这凉意
而冷醒过来。在此刻的花园,更容易看到
几只蜜蜂在花丛中起落,听到它们飞动的声音

然后看到许多空中飞舞的蝴蝶
我一个人,正在把它们慢慢地集中起来
绝望似乎还没到来,还在很远的地方
寂静中只有一只鸟独自在山上叫着

蓝书

热气

你呼出的热气有时候并不飘散,还跟随着你
它们也有热量,你呼出的热气将它们的
皮毛挨到你脸上,和你互相温暖着对方

在冬日的街头,它们在你身后飘远,慢慢
形成了一朵朵白云。天空下面的你实际
也无法保证每天都走在一条理性的道路上面
你呼出的热气,像一条河流上升起的水雾
透过围巾,在眉梢上结出了细细的水珠

你呼出的热气,意味着一个什么一直在你
体内活着,它可能一直用呼出的热气和你交流
甚至,在你的身体最终解体、消散以后
在你留下的文字中也还有一个生命呼出的热气

杨树

是我们觉得我们得用另一种语言向你解释
在很久以前,它还在结麦穗,因为无人
收割而停了下来
在很久以前,它被制造得像针一样,穿出了地面
这是不同于给客人或给妻子的解释
风从树叶上一片片吹过去
它用站立的词汇表达奔跑
它因为囚禁了大量的火焰而在雨后
使空气有一种清新的气味。我们这样说话
就好像只有这样说话才有价值似的
我们这样说话就好像我们已经换了一种语言
事情就是这样
是我们自己觉得它们在说话,实际上杨树沉默着
叶子在风里哗哗作响,仿佛一条河流
从树梢上流了过去。在很久以前
它可能就等着这条空气的河流
把地上的叶子又漂起来给它
在很久以前,它还在开一种淡黄的花朵
还是另外一种树木

散步

整年面对着这些群山,大家有时也到一些事物
背后的院子里去散步
见一下那里的光亮、寂静和空空的房子
这里,几乎每个事物背后都有个这么大的院子
阳光照着里面的草、积雪
我甚至走入我桌上杯子背后、墨水瓶背后的
院子里哭泣过
而你坐着火车,去了另一些事物的背后
群山多年环绕这里,甚至当我们来到一些事物
　的背后
扒着院墙,也能看到它们积雪的山顶
看到山坡上一个个孩子欢笑奔跑着,而又力大
　无比地
将一枚石子扔进了他们父母的心里
一代人,在那些事物背后的院子里死去,但是
也可能很温暖,也可能就是种生活
你在一列奔驰的火车上散步,可能也是这样

蛛网捕捞

桥

桥在一道河水上面形成了自己的脸
脸弯弓着,有些孤单。
桥上的热量远远少于街上的。手、脚都能
感觉到更冷一些。
桥构建在困难之处,在绝望之处,现在也
构建在了人们的头顶。
作品会是一座桥,理论可能也是一座
桥……语言则只是空中碎屑般的一群群飞鸟。
苍穹看上去也像是座大桥,它也可能构建在
困难之处、绝望之处。
没有树在桥上生长,在桥上树仍会穿透
桥面,仍会死亡。
桥抬高,桥挪动,进入黎明的寒冷中,
进入一些人的梦里飞翔。
死亡只是下面的河水,不停地流淌。

鸟（一）

墙壁上钟表像一个内部空着的鸟巢等待着。
鸟，体形像是一粒麦粒。鸟的源头
可能就在麦地。
在那里，麦粒像一个幻想被奉献了出来。
在那里，仍悬浮着过去匠人们给鸟架起的
古老桥梁。
那桥上它的踪迹可能正是我们存在的痕迹
而不是鸟的。
墙壁上，鸟只懂得攀爬，鸟只懂得歌唱。

钥匙

随着天气转冷,周围的钥匙,全都变凉了,
树叶不断在风中飘落。
许多锁孔里面都有冻结的寒冰。
钥匙经常只是作为象征被带在身上。如果
有一串钥匙时,常常会发出金属碰撞的声响。
只有一些钥匙要被送到
很远的地方去,有一些甚至被挂在了天上。
直到后来天空坠落,
这些钥匙拿在手里仍有温热,仍有一些亮光,
星空几乎用尽一切锤炼了它们。

九月

高空中，鸟拍打双翅。鸟终生都在赶超着
地上它自己的影子。
一只虫子
在窗玻璃上攀登着地平线上的一处山巅。
一个男子呼吸着清冷的空气。
肺最早地感知到了秋天的气息。
每一天，他的影子都在纸页间行进着，或是
会在某处停滞不前，或是会像鸟一掠而过。
他也在某个高度上赶超着下面他自己的影子。
街道没有什么变化，行人匆匆。
他呼出的空气将被提供给时间。

冬天

冬天，至少可以观看自己嘴边呼出的白气。
它们缠绕在你脸部，像是长龙一类的动物，
刚被风吹散，就又出现了新的。
那些呼出的热气，全都来自你的身体，
带着你的痕迹，任何人都不会复制，不会呼出
和你一模一样的白气。
没有人能描述那白气里携带的东西。
别人呼出的白气，可能会永存。而你的转瞬
就要消失。
你呼出的白气，明显地带着一些你的气息。
那基本都是来自你心脏上的一些东西。

七月

万里无云,没有什么能够控制天空的蔚蓝和
广阔。几座山峰间,关系悬而未决。
冰川的美貌,不会有人能够具有。
攀登者静止,保持着平衡。羚羊的足迹有时
就没有了,有时只存在于更高的山峰。
向上看去,关键处,投入了太多的牦牛。
只有中午最为严酷。
岩石越高越冷,在手指下显得越加冰凉。
在山脊上看的最多的,还是蓝天。
群山连绵,沉默着,期待着人们能够运用它们。

水磨房

水磨房有可能是用木头、石头制作的一个
钟表,依靠河水的冲击转动着。
手表可能在手腕上,也依靠着皮肤下
血液的冲击转动着。如果河水枯竭了,
那漫天的风雪也能吹动磨轮日夜转动。
风雪如果停下时,还有我在磨房里
推着磨石转动着。
妈妈说了,我得磨完那一点儿麦子后才能回家。
许多钟表里面可能都有这样一个小男孩儿。
钟表已经把他化为了零件,
日夜不停在那里忙碌着。
但是他的妈妈还在一直等待着他回来。

蛛网

除了鸟,蜘蛛也来自天空,并一直在
网上等待着。
蜘蛛待在哪里,哪里就是中心,其他的
地方都像是蛛网上的郊区,陈旧、破败,
却也总是能够通往那个中心。
不管什么在网上发出信号,都会带动
整个网产生阵阵颤动。
只有蜘蛛能捕捉,并辨别出那些蛛丝上
传来的信号表示的是什么意思。哪怕就是
一只飞虫临死前内心的、肉体的几番挣扎,
也绝不会和另一只飞虫的完全相同。
长年累月,那些信号已经被整理成了
一种语言,并完全地反映了一个民族的特征。
你满脸皱纹、两眼昏花时还是能看到
落日的光照着人们的屋顶,鸟自由自在地
飞来飞去,几个孩子在路边玩耍。
在那些城镇,蛛网捕捞到了许多东西。

十二月

雪落在哪里,哪里就像是边境。
在边境处,有些足迹像是进入了天空。
太阳又低又斜,它的火焰如同长发一样
在它脸上倒向了它斜着的一方。
人们嘴边呼出的热气,有一些被用来
呵护手指,其他的都被风吹到了山上,
山上树木和石头也许还能感到些暖意。
只有背过的人知道,雪异常沉重。
雪落在哪里,哪里就被抹去了界限。
只剩下了天空,还存在着边界。

树

树像一种器皿,那些树叶像鱼一样在里面闪
耀着。
树被砍倒后,那些树叶仍聚集着,没有散去。
我们一起走在安静的中午。你咳嗽了一下,
我却看到街边一棵树上那些树叶,突然一下子
全都散开了。
一个冬天在那里出现了。荒凉、干净的空气中,
树像一个瘦高的男子站在那里,然后过了很久
才结束,那里又恢复了原样。
空气稀薄,那些叶子从地下,从空间的各个地方
汇聚到了树上,在那里喘息、休息着。一块石头
被一个孩子扔向树冠去寻找一只鸟儿。
另一个孩子向树上扔出石子后,却感到这树
像是一座宫殿。
宫殿深处,那些叶子像一些小孩儿在玩耍,
他们清脆的笑声被风带到了很远。

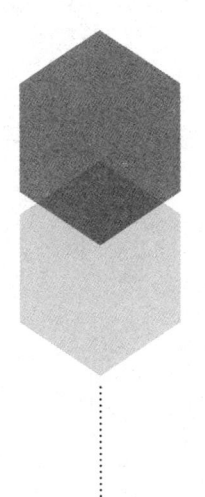

祝河流身体健康

夫妻

从阳台望着落雪的小镇,对妻子保持着沉默
雪很轻很白的,来自远方
如果真有来自厨房的蝴蝶
也可能非常多,非常红,从锅下的
火焰中飞出来
因为高温,谁也不敢捕捉,不敢喂养
丈夫吃饭时,不知用筷子在碗里默默写下了
多少文字,一天天已接近一本书了
如果不是那些字
他可能什么也无法咽下
此刻,妻子正悄悄读着他写在碗里的东西
在厨房里,一个人哭了
因此有的碗才有了裂纹,有的碗
才有了一种声音,有了一种静默的能力

秋天

山上长着一种专门结石头的树木
山上长着一种专门用于上吊自尽、执行绞刑的
　树木
小草，因此看上去，才非常让人轻松

我们今天，很多人都有些疲惫
此刻，都沉默着
墙角那边，风正像个小姑娘在犹豫，是否过来
最后一闪还是消失了

山上那种专门结石头的树木丰收了
提倡用石头埋人，有一点儿像是真理
提倡吃些石头，更符合实际，更像是真理

梨花

它的花蕊
像春节夜空中绽放的一缕缕烟花
或者
一条白龙头颅上颤动的一根根鬃毛
月亮
荒凉、孤单的气息，从高空中渗下来
在梨花旁，也能感到这点
如果我现在死了，这树上
结出的一样东西
将无人认识
此外再没有别的
梨花，开始飘落
夜空中有着更多无人认识的星星
因此
我应该更自由，也就是
更能接受我的命运
在这树梨花旁
周围只有星光
滴落的声音
夜，像是
死去的女人的奶汁
冰凉，慢慢滋养着我们

蓝书

手

我透过某种冰冻的东西
观看着我的双手
它们在下面围着某个东西
像两只动物一样忙碌着
正是冬天
好久都没声音传过来
但我感觉它们都还活着
在荒野上互相依偎着
我朝下面喊过,但是这两只动物
已听不见了
我的两只手,如同一起生活了多年
也没有一个孩子的情侣
已经越来越老,越来越孤独
透过某种冰冻的东西,它们看上去
像是两名潜水员一样
围着水底的沉船忙碌着
已经过了很长时间都没有上来
我张着嘴却没有声音
但我也在向荒野叫喊着,渴望
有另外的一只手
伸下去帮助它们,抚摸它们

空中的烟

那是我的火葬,烟飘起来
却无人将它收集
你如果来了
请把这烟埋葬在高高的山上
在空气中
把这烟带到远远的山上埋掉
烟分给了你
你从这烟中也能看到
我依靠着我的自卑在生活
但在你呼喊我时,仍将能得到
一部分回声
虽然正在飘远
烟仍然是身体的一部分
是损失的一部分
没有人注意
风正在把这烟带向远处
作为旗帜或是裙带
它在那里飘动着
但是最好也还是把它埋掉
满足它
消失的愿望

春天

下着雪，但这确实是春天，山坡上有一层薄薄
　　的绿色
她的眼睛现在已成了某种黑色的宝石
时间，现在还无法将那小树做成巨大的棺木
她头发上的白雪也能轻轻抹去，恢复黑色
我们在一条溪水边站着
叹息，但是也快乐着
溪水将流出很远
自己创造出水桶、杯子，自己创造出一座大桥

宽裕的空气

我确确实实明白我穿过一团空气,在尽量小心地
低声地询问死者,你想不想再呼吸它们
他成功地把它留给了我们,包括里面
房间潮湿的霉味、炒白菜味
和漏出火炉的一点儿煤烟
现在大概只有一只老虎才能呼吸它们
随着停止呼吸的人、牛羊和马匹的不断增多
空气将会越来越宽裕
将会一直陪我们走到高高的满是花朵的穹顶
我摸着他的书,他的桌子,我呼吸他留下的
空气,听见里面还有一群鸟拍翅挣扎的声音
在周围众人的一片恸哭之中
我还是抬头,看了下屋顶空空的一个角落
看到那里他奉献给众人的空气
正像水一样缓缓地不停地倾泻下来

蓝书

回信

绵羊一切都好，只不过还在原来的轨道上运行
苍蝇，我只知道它有种武术，在它落到桌上
有些闲暇时
就摩拳擦掌，经常习练，以对抗这个世界
有多少人，一阵风吹过就倒了
还有些树木，高大坚硬，却无法应付
一把到处是病的电锯
在如此运行的世界，房子不得不旋转，为了
跟上天空。蚊子，不得不飞行
田野上，任何一块石头都如同佛的雕像
乌鸦从那里掠过，黑得像是老屋的一根椽子
但愿，在地震中，人也能这么飞起来
避开倒塌的房子、滚落的山石
希望天气不太炎热，苍蝇
在某个角落，继续练习它的武术
树木依旧挺立
祝石头早日开口，祝河流身体健康
祝毛驴事业有成，祝绵羊一切都好

月亮

太阳落下,被它烧过的天空现出了瓷器般的安
　静、光滑
月亮已经升起。我的手在等着
写诗,因此还没有动过
长时间的晒烤后,树木正在喝水
一些孩子,在等
人们对月亮的看法,他们骑上车离开了
公路变得非常空旷,月亮升上来,在山顶上照
　着他们
反映着他们的灼热

夜

每一声狗吠,都十分遥远,仿佛那就是一些宝石
你的那个家里
现在一片黑暗,如同一个空寂的音箱
你的那个手现在,也被黑暗压着无法抽出
你的那个身体,现在里面的树林、河水
哗哗作响
只有狗吠是温柔、明亮和让人安静的文字
星星们聚在一起,整夜,只有母亲能拿着一把
小小的勺子,耐心地用地上的湖水挨个去喂它们
每一声狗吠
都十分遥远,都像是一种应答

病孩子

我们看到他以前踢过的那只足球已经很重
沉入了冰冷的大河。但药丸,却像缩小的
足球,一直装在他口袋里

已经十年,他偶尔也带着疾病出来走动
疾病通过他存在、说话,他则被疾病遮挡
似乎在一个很远的地方生活着
偶尔他也去以前的那个球场看看
只另一些孩子在那里奔跑着

足球的奇妙,不在于比赛,而在于
一个人踢着玩耍
看哪一脚踢得最远,远到看不见了
然后踢球也就,转化成了散步

泉水

在炎热中猛饮这阴凉的泉水会让人晕厥
见到一个更为清凉透明的世界。泉水

在这之前都是山上那些桦树、杨树的树汁
是山坡上去年的积雪
猛饮之后就会再次听到童年时脖颈里的咕咕之声

周围山花鲜艳、安静,它也将很多东西沿花冠
到根部带给了泉水
泉水冰冷,但也得到了足够的安静

呈现着我们的影子。当你扔进一个石子,水面上
荡起的波纹,也会给空中的宫殿带来一阵阵震动

牛角

牛的角可以作为号角,但它自己
从来都没有吹过

我身上也有这样一个器官
在我死去后,它可能才会被吹响

但是在我死去后,它也可能会
长年被摆在某个架子上面

落满灰尘,只向外展示着
人的寂静

蓝书

飞鸟

火，始终幻想着能有一个
自己的房子
它可以躺在里面休息
而在火的屋檐下，可能
仍然还有鸟的巢穴
它似乎比火还需要休息
风吹动着窗户
旷野上每个房子
那房梁都将要
承担很多鸟儿的重压
甚至在它们从高空中飞过时
也在承担它们的重力
我们坐在屋檐下
休息，默然不语
岁月中所有的鸟，最后
都成了荒野上的一把泥土
这一只也一样
它知道这点
但还是在飞翔，没有停，一直
越过了
群山和它自己

一只手

尽管这是我不需要的、多余的一只手
但是也要戴一只手表,用来计量
多余的时间
它有时捏成拳头,表达着
多余的愤怒
到了这个年龄,补偿就会
到来,没有人会两手空空
但这只多余的手上
可能还会是空的
它的每一根手指
都像是一个动物,安静但又敏感
很多时候,我多余的这只手
无事可做,在墙上独自玩着一种
手影游戏
只有那面墙壁需要它
将那只手,当成了
从荒野中来到这屋里的
一个生灵

小镇之春

生活了多年,已经习惯积雪和店铺
柜台里一把把刀子闪着亮光
我被我的孩子困在这里
我被我们那些知识困在了这里

我继续在纸上书写,而写作的出路
已经没有了。那些文字像一群鸟飞在高处
没有声音,它们都被石头驱逐着,在空中
却只能跟随一个地上行走的影子

夜晚诗歌

在每一首诗,那一行的那个
位置,你都能够看到
诗歌的性
每一首,都这样
屋子里灯亮着
我正在衰老
屋外是一辆大货车远去的声音
街边一棵歪长的杨树快要倾倒
旁边一家发屋,一家小饭馆,周围
是无边的凝固的沉默
诗歌
正在用身体说出这些
而不是用语言

鸟的文字

鸟可能正是因为有了一双翅膀,在几万年前
才没有发明文字,没有学习播种或是纺织
飞行者不需要的东西太多了,否则也无法飞行
这是山上不多的无风的时刻,阳光明亮耀眼
几只鸟飞过山顶很快就不见了
鸟没有文字
鸟把痛,把爱和恨记录在了什么地方
我用文字
也会记录在什么地方

风（一）

一

经过几年的努力，我终于穿上了一套想象中的
　　衣服
在这条路上漫步。正是中午，拐弯处，能看到
　　一辆辆
汽车身上那汹涌的离心力量，拍打着
街边的栏杆、屋墙，而行人都很安全
什么也没感到
我现在正从这些离心力量中穿过来
这力量，我的衣服还是感觉到了

二

街道一年年在变长。但走过的人都沉默着
在一场丧事后，吃着主人答谢的一顿饭，周围
　　只一片
人们低头吃菜的声音。我出来一个人独自走着
秋天，阳光已没有了力气，而雪大概也正在准
　　备着
要来到街上。街边
一些人在修建大楼，迟早，这里会建成一个仙境

蓝书

三

九月,如果一个人闲下来还会想起
故乡的场景:秋天的麦场
被连枷拍打的麦子下面,还躺着一个女人
有时候还会想起,小时候,看到风掀起过她的
一个衣角,露出了衣角下稍新一些还没被晒白
　的衣服

四

劳动,可能也会给自己带来一件大衣,但是写作
就可以给自己大衣上画上火焰,在深夜寒冷的
　街上走着
风,将那火焰吹得更旺了
雪将一年年继续进化,成为更为高大的白色野兽
我认错了房屋而站在那里,将要冻僵了
但还是独自在那门外站着,夜已很深了而雪继
　续落着

风(二)

我们走到风的前面,停下来
我们看见了风的脸,它苍老,并带着
一丝微笑
需要开口的总是我们
不是事物,但是我们也保持着沉默
知道风有一张苍老、平静的面孔
它注视着,从我们身上
寻找着某种东西
它刚穿过雨而来,但仍然非常干渴
脸上仍然有一些地方满是尘土
我静立着
我能献给它的,只有我的气息
可以被它带到远处,被它吹散
我能献给它的只有一本书
我写的,但它不看,只是吹动了开头的几页
但我还是要继续我的写作
在桌前,像蜡烛一般燃烧下去
当我走出屋子,它仍在街头
停着,它正在等待出现一条空空的街道
让它通过,它正在
让天气慢慢变凉

气枪摊

我常常在黄昏出来，伫立在一个气枪摊前
那里支着一支老旧的气枪，一块红布挂满气球
打一次价格非常低廉

经常地，我想扑过去护住这片气球
但常常只是默默地站在那里
听着黄昏里一下一下的射击声和气球的爆破声
他们开枪打它
就好像这些气球是某个猎物的头颅

今天我还发现
有一个气球非常明亮
像一颗心脏挂在那里。它直到收摊都好好的
没被人打破，却在主人收拾东西时不小心碰破了
里面没有流下血，里面空空的

但愿，这些气球都能飘起来，升到一个很高的
　地方
但愿这些气球代替了一样数目的头颅
但愿这些气球破了后，有一个里面会有一本书
或一张纸条，能告诉我们一点儿末日时最后的
　情景

雪

有的雪落着，而让你和周围的房子、树木都有种
不停地上升的感觉
有的雪落下来，完全是为了让人吃的
那么白
那么干净，又有很多，一场场被用于充饥
也有的雪落下来
是为了让人背负着它
像背着一个衰弱的老妇人
把她背向北方
在那里得到更好更静的休息
每天，除了雪，什么
都不愿落在我们市区的一场大火上面
不愿覆盖我们的街道
每天，雪都是及时投放的救济，从天空中
补给我们
从天空中，一些雪，洁白无瑕，也像风筝般
被人拖了下来，然后，被人踩烂在那里

墙

只要把耳朵贴到墙上,就能听到他人
敲打墙壁的声音
"人生具有的不是口头语言,而是构成语言的能
　力……"
(哦,索绪尔,一个多么遥远的名字)
我听着敲打声,可能也做过回应
可能还有许多白色的飞鸟,在墙壁后面飞行着
它们现在还没有飞越过来

院子

人们在院墙背后生活着,并通过墙,倾听着
外面的风声
牲畜被拴在院中,它的眼球是黑宝石
匹配着贫困的生活
岁月没有寒冷,没有温暖。只是在流逝
在院子上空流逝而去。天边,一座雪山
像一张纸片,不想让任何词语挨到它
闪耀着真正宁静的光芒

傍晚

月亮，很可能是天空每天分泌出来的一种东西
并在分泌时始终都伴随着阵阵痛苦
其他的，国家、艺术和一些语言，则都是构建的
一匹白马走在路上，一堆灌木
在风里摇摆。路在变黑。山顶上全是白色的积雪
蓝色，仍然通过天空保存在很高的地方

从高速公路离开

山峰后退,退到了太空之中,也同样在闪耀
一点儿蓝色的光亮
前路只有给定的视野,但我们也能接受下来
在飞速行驶的汽车里,保持沉默
傍晚,地球没有任何必要地开始转向另一片太空
只车窗外,金色的麦田正追赶着一些孩子

冬夜街头

手只能放在衣服口袋里感受外面的雪夜
如同一个人坐在剧院座位上看着戏中的故事
雪,正慢慢地从夜空中落下

一个女孩儿在路边店里低头玩着手机
看上去和水底的潜水员一样孤寂、专一
而头顶,她所在的水域正在静静地封冻

我如果叫喊,我如果把手取出来
它就会伸进正在观看的戏剧中
杀死那个魔怪,救走那个公主

所以我也没有伸手
没有做任何事情。雪白白地
落了下来,没有起到任何作用

写信

在雪地里,我趴下来
从铁轨上听到了有人喊我的声音
我想应答已经迟了
雪落下来,盖住了铁轨

这个喊我的人不必存在
我也能听到这种喊我的声音
我可以装作没有听到而
继续散步。我回到自己屋里
如果在这里写信
似乎对周围的人
都是一种回答

屋子里炉火像要永远燃烧下去
墙上的钟表正在接受着烘烤
然后我开始写信,信能到达的地方
可能只是一片荒野

蓝书

夏日傍晚

楼下孩子们正在玩耍，月亮升了上来
我不想下楼。但是如果天上
下起了金币雨，我就会一个人走下来
下面凉风习习，我弯腰将金币装满了带来的麻袋
我尽力忍着不让自己流泪，也不哭出声来
那些孩子一个个也都默然无声
把他们捡到的金币
全都用两手捧着给我拿了过来
我把麻袋背上了楼
我把那些金币全都倒在了床上
才感到它几乎将我压碎了。然后我躺下休息
听着那些孩子们
在楼下玩耍的声音
下面一些花草、树木在风里轻轻晃动
那些孩子
他们有的在拼命地奔跑，有的已经像死了一样
倒在那里
那尽管是孩子们发动的，但毕竟也是
一场士兵的远征

街道

就在这里,也出现了街道,我可以走过去
不管到哪座城市,都会出现这条街道
我慢慢走着。我保证
看见你后不和你说话
甚至不向你微笑,而只走自己的路
空气清冽,街道两旁树木正在发芽
甚至有一次在一座荒山上,在一片沙漠边
也出现了这条街道
我默默看着你在那里走动
这是唯一为我出现的街道
出现在荒野上,或是外省的某座小城里
我保证不会流泪
和你擦肩而过后
我还会一个人继续走着,一直走到最后
你也在那里继续走着而不能停下
这是唯一一条
有你和我的街道
当我穿过后,我仍然停留在原地
当我穿过后,就又
期待着它再一次的出现

蓝书

在中年

它不在这里,它不在你能触摸到的
任何地方。它是个概念,另外
它还是个词语
否则它就不会存在
在漫长寒冷的冬夜,它们
很可能都像一块块石头般,弥补住了
漏风的现实
并构造出另一个现实
比月亮上的山峰还要遥远,但是也可能
比小溪里的石子还要清晰,显示
它超越了死亡。月亮许多时候
在高空之中,都是
真实的存在,尽管人们只能得到一片月光
也是可以触摸,可以相信的
而那诗歌中所写的云朵、树木和溪水里的
一些石子,可能更像一种真实的事物
超越了我们周围的一切
我们不得不继承它们
不得不承认
它们全都经过了选择

啥

有过悲悯市、仁慈大街、去痛巷吗，有过
那样一个老人吗，他一个人住在那里
有过天空州、白云县、苦痛管理局
和一个在它里面加班的年轻人吗
有过轻风飞机、清凉坦克、空寂弹头
和那个在树边单腿跪地的
年轻射手吗，他眼前的人影若有若无
有过悲鸣的火车、灯盏般的雪花
胸膛一样起伏的墙壁吗
有过航空寺、铁路庵、电子庙
以及一个虚拟的光头的小和尚吗
他说，他跳出了苦海
有过真理姑娘、道德姑娘、法律姑娘
和诗歌姑娘吗，她们像花朵聚在一起
商议什么又被一阵风给吹开了
有过解脱锁、镇痛刀、救人虎和杀人佛吗
有过苦难统计学的刊物、守灵者们的学校
以及专门抢救护理者们的医院吗
临时编辑或者搭建的都行
有过没有放映的影片、没有运动的星空
和没有死人的一天吗
有过吗，有过写这首诗的人吗

蓝书

他在一个小镇生活了一生
这个人好像有过,但已不知是在哪个年代
有过读过这首诗的人吗
有过一些,也消失了

河水

河水里的那个旋涡并没流动,没有跟着
河水流向下游。它是河水本身
又是河水中唯一不动的东西
旋涡,像一台发动机在水里缓缓旋转着
给某个巨大的东西提供着力量
河水可以载起很重的东西,而看上去
只是像一条在地上平展着飘动的炊烟
河水每一刻都在流动,你几乎无法找到
掉进水里的任何东西
河水每一刻都在流动,但是也有缝隙
让你可以把手臂伸进河水里面
不像奔驰中的火车,你根本无法把手
伸进车里,去感觉一下车里的冷热
尽管这样,很多时候,你也还是
无法抓住河水里伸出的手臂
你能捞出河里的树枝、木板
但是仍无法取出那个旋涡
把它带走。你每次取到的
都只是河水,不是河流

蓝书

石头

山峰在那些日子什么也没做,它只提供了石头
草叶承担了大部分露珠的闪烁
小鸟搬运树枝搭建新巢
我感到母亲在某个地方等着我。她就要喊我了
我有很多石头可以放入房间
有很多石头,我感到
会发挥作用
鸟尽可以在空中静止不动。它飞行的轨道
可以像铁轨一般在空中保持着
等待后面过来的鸟们
树一次次长出来,给街道提供寂静
有很多次,我听到门打开而没人进来
我走出去又回到屋里
等待着群山提供的石头

存在

夏天仍在继续,一颗掉落的星星还在
掉落中,没有到底
窗帘,仍时常抽打着窗框询问它:为什么沉默
垭口处油菜花如黄色的积雪
一匹雪一样的白马在吃草,吸收了草的营养和
　草的绿色
在它体内可能就被它挑拣了出来
它只从另外一个地方吸收了白色,沉默安静,
　在低头吃草

寂静

将一桶酸奶、一个西瓜放入溪水中冰镇到下午
打开时人脸上都能感到那种清凉的气息
白桦树站着,树叶、树皮都和这溪水一样
纯洁干净,带着一些凉意
阳光在树叶缝隙间闪动,在一阵鸟鸣后
整个山谷忽然安静了下来,静静的没有声音
你习惯在纸上都用句号,或者一个空行
来表示周围这样的寂静
还有许多逗号一样的停顿,你都能感受到它们
寂静,要么是真正的一片空无,要么就是一处
矿藏。溪流水面上阳光点点,依例你要用
语言捕捉的东西,现在就在你眼前闪耀着
你一伸手就触摸到了
在你手背的汗毛上,都闪烁着一些亮光
诗,却要从很远的地方,用另一些事物表示它们

暮色

我拿着这片暮色,仔细观看着里面的道路、山峦
像观看医院拍的透视光片
似乎有一个人,从光片的另一面也朝我们看着
世界就在我们中间
所以,它才是中立的、客观的,也是唯一的
因此望远镜是多余的,它已经很旧并有些模糊了
哭泣是多余的
公路上空旷无人,月亮在暮色中升上天空
我们已不知道还能做些什么,才能让人们感到
这世界不是中立的
它朝着某一面稍微倾斜着
当你独自走过长长的街道,风轻轻吹拂着脸颊
明显地就能感到这点

傍晚前后

傍晚前后，院子像船只行驶了一天，墙皮已开始变黑
尘埃落到了桌上
傍晚，某种事物要是像只瓶子，里面就是空的
要是像头狮子，它的头颅里也是空的
桌前吃饭的人，感到牙齿让新切的萝卜冰了一下
某种事物要是像一辆公共汽车，这时驶过，里面也是空的
你怎么能在那么多的公共汽车上都能找一找
里面有没有我们的母亲，她已经不知了去向
另外，还有火车，它非常快，而且很长
山顶上月亮升起来，光亮照到了树林、人们的屋顶和院落
某种事物要是像一座剧院，这时打开，里面也是空的

夜半

如果你在半夜摸黑,前去小便,手臂自然
就会做出游泳的样子
时值冬季,屋外雪一片一片
从黑暗的天空中飘下
屋子的一个角可能已经破了。脚上、腿上
都能感到从那里吹来的冷风
你划动着胳膊
黑暗被你的两手,分到了身体两侧
并推动着你前行
这是半夜
前面既没那匹白马,也没那位白发的老人
只是个空空的卫生间而已
不管多么悲痛,人仍然还要小便
天空中雪一片一片往下飘落着
它一定有一个原因
或者有一个目的
但是没有人能表述出来

风从山岗上吹下来

河水被拦截后,不断地
积聚、增多
而形成一只眼睛一般的湖泊
冷冷地望着天空
死者之间也许
互相在说话
但是谁也不可能
将它翻译成我们
这种语言
风从山岗上吹下来
透明、温暖
这些空气离开后
再也不会回来
这些空气离开后
要呼吸它的人
只能在它后面追逐着它
山上积雪已全部消融
我把很多东西都带在了身上
在前方
一团空气正在等待着我
在一个路口
它已经停了很久

但仍保持着它的纯净透明
在那里
等待着从城里走出来
需要呼吸的人群

大象

四楼,我房间暖气片周围
有一片茫茫的热带雨林
里面,生活着一头大象
客厅里,君子兰盛开着
却一片寂静
只有大象,在地板上独自走动
让我的生活完全地成了
一个文学故事
而让上班、买菜,像是虚构一样
窗外雪一片片飘落
我坐在角落里
从我这里某个人离开了
而给我留下了这头大象
我痛苦地
照顾着它。有可能这就是种
被文学破坏了的生活
冬天过去
暖气停止,而它仍活了下来
在那里生活着
只我见过它腿上的伤口
和它脸上的悲伤,我知道最后
在它离去后,屋子里

只留下了一片
真实的空寂,但是其他东西的真实
还没恢复过来

往一个旋转的东西上写字

一个陀螺,一个老人手上摇转的经筒
一个河水冲刷着的磨轮
那旋转,中心都有一种静止的东西
在书桌前,你俯身写作
捕捉着种种飞逝而去的思绪,那难度
就像是往一个旋转的东西上写字
一个从不停息地旋转的东西
当你写下,你的文字也会转动起来
当你写下,有人也许就会在你的文字上
打磨他的工具,或者在你的文字上拴上
皮带,让它带动另一个轮子
每个写作者,可能都要面对
一个从不停息地旋转的东西
它的转动影响着你能写下的文字
而你写下的却丝毫不会影响它的转动
你写下的字词
那意义在旋转或者静止中,基本
没什么变化
那意义能传播到很远的地方
同时又很难脱离那个旋转的东西

写作

手从麦芒上拂过时,感到它们像是你屋里
台灯的光芒。你一路这么轻拂麦穗走过
然后,在一张纸上,你将指尖一次次感到的东西

试图保存到一个词语里面。但词语也不是
空空的洞穴,里面,已经有了别人来过的痕迹
你警惕着,但是也小心地走了进去
因为它也通向灵魂深处,通向你曾走过的那片
　麦地
另外,词语本身就不是理性的产品

洞穴能够点燃,但它里面的虚空却一片安静
没有燃烧,所以仍然能够进去,一直走到深处
我们都不说话,就在那洞穴里,我们每个人也都
带着麦芒那样,脆弱的自卫的东西

文学史

现在看来里面每天都在变化,里面农民
到处都是被比喻,被描写和被叙述
里面马车在走,店铺大开。人们写下的云朵
在头顶飘过,这里还看不出写作是一种补偿
里面人来人往,看上去人都一样
但是一个人就能去写另一个人
这里也还看不出写作是一种净化
只是日子在里面流动
就像我们现在的、身边的日子一样。现在看来
也许鲁迅是河中站在船上
一只手臂缓缓分开空气的那个人
岸上我们已无事可做,慢慢走在人群里面
眼睛里常含着泪水

你的钟

你的那钟冰冷、沉重
被你提在手上
如同一个罐子
没人敲打而它也响着
什么也不宣告
它只是被围起来的一点儿空间
钟舌敲打着这点儿空间
才发出了一些声音
你只能费力地提着它
如果它变轻,就会演变成铃子
甚至成为一个灯罩,钟舌在里面
像一根蜡烛在燃烧
你的那钟,不能再熔化
不能再打造成
刀子,而那曾是你最渴望的东西
也许还是缺少足够浓烈的火焰
和足够的时间
伴随每一次失败,它都出现
你的那钟是在地道里的灯笼
你的那钟是向下开放的花朵
喜欢它的蝴蝶
还在远方的路上

雪飘下来，你可能会看得更清
你的那钟
在校园里敲打着，学生们
却都听不到声音
你的那钟，像只狗带着个盲人
在前面带着你
现在，它正在前面
攀登着一座高峰

作品

有时候，只桌上那些作品
那些我们写下的诗
在暗示我们，认为我们可能
也是被人构思、创作出来的作品
我从那些诗的面前走过
尽力控制减弱着
我的气息，但是仍然被它们
辨别了出来。它们认为
我们的气息已经
渗透了我们的意象。它们知道
某盏灯下就有我们的作者，他
从没去想再现什么
我站着，有时经常感到我们的读者
就在我们的脖颈后面阅读我们
能感到他们的目光
和他们呼出的热气
那些诗认为，我们的头发、皮肤
都像词语构建起了一个文本
有些句号，在我们当中出现得
非常突然，然后又有了太多的逗号
非常晦涩、枯燥。那些诗
感觉我们还没有被阅读

蓝书

因此才显得有些安静孤独
那些诗始终都在
怀疑我们的意义
因此一直都在注视着我们

季节

一

天空中云朵已经被人用尽了
一些村镇烟囱的烟在升上去补充着

那些指针无论走得多快也不会飞起来
因此,钟表店里有一刻才是静静的

天空仍保留着某处磕碰的裂痕
街头,笼子里的小鸟像树叶闪动着

蜡烛也已经被人用尽了
一些石头被人背过去补充着

还有,空气似乎也已经被人用尽了
一些人只是通过死去,省下了一些空气

二

寒冷中,空气似乎从远到近都在凝固
光,不再折射而在里面慢慢传播

蓝书

一个濒临衰退的星球，干冷、空寂
安详的基本都是大钟、大河

最安静的是一座人们埋头修出的城市
街道无人，天空中飘着一些雪花

我让写作这根保险绳吊着，然后慢慢下降着
——我就以这种方式，投入这城里的生活

上面有云朵，有说话声，上面一直有种力量
在往上拉，但我还是下到了这很深的地方

三

雨滴在空气中穿出一个个小孔，阳光
正好从里面照下来，在街面上

形成了一个个亮点。行人中还有人撑着
伞，伞面上有一些雨点滴落的声音

我们是否存在，发生的事情
我们都应相信它们

麻雀，每一次从枝头或是从地上飞起时
都像是刚刚被释放一样

空气清新安静,有人正
小心翼翼地把铁链,挂到犯人的身上

四

背一块玻璃比背一块石头更重,有时候
在路上走着,玻璃安静、透明

有不少地方是空的、残缺的,在等着
安放上玻璃,挡住寒风

它保持了一些事物的完整
成了窗户、镜片,或是地面、门板

它完全就是另外某个事物的组成部分
在后背上,沉重、透明,又容易破碎

峡谷中,河水可以看见却无法喝到。而远处
别人可能会看到你后背上什么也没有

五

因为你想象出了我,所以不会认为我真正
存在。真正存在的是在这之前构起

你想象的那个物体,或构起你想象的诗句
我默然无声地上班、下班,回家

相信这种生活都是真的。但是现实总要出现
一个漏洞、一处塌陷,让我能看到另外的世界

甚至看到了你的影子。然后我在想象中
补充着,你也成了一个我想象出来的人了

成了和我一样独自走路的男子。为了证实你的
真实,你走过后,在地上没有留下任何的足迹

六

那是有三百个经筒在旋转的下午
经筒围绕着三百个轴心,而那些轴心中间

有一条线一直是静止的。河流的脊背上
白色的浪花翻卷着,感觉它一直在向上倒淌着

我们干的耕种或者放牧,都是轻活儿
相对于有的人,他要把桥梁送上高空之中

在你哭泣时,我专门细细地观察了周围
你头顶的天空一片平静,但你水桶里的天空

却是波涛汹涌。桥梁，可能就是为了避开这波涛
才升高的，它一直上升，最后也到达了虚无之中

七

死者们脸朝上飘浮在飞船中，将它们推出去
可以看到它们，像一块块浮冰飘浮在太空中

有些星球是宝石，它镶嵌在虚无中也仍然
还有价值，它上面的落日同样也是红的

人可能会是什么？在太空中，携带着一小点儿
空气，给自己的语言建起一个空间站

也和地球上一样，缺乏词语，尤其是
缺乏诗意。有的星球的存在，不是来自知觉

而只是来自人们的计算，在几万亿光年外的
宇宙边上，只有死者们可以飘到它们那里

八

我有时还会梦见你在割麦，在金色的麦田中
但你的穿着全是新的，都是新衣新裤

蓝书

为什么还不能休息,你已去世了很久还要
在那里劳动,你笑而不答低头继续干活儿

一个梦就像荒野上出现的房屋,很快又会消失
我来到山上,想到我们死后,我们的灵魂可能

无处可去,只允许依附在这山上某块石头上
长年累月,被风吹着却不会离去

那样的话,还不如继续劳动,种地、割麦
可能还有一点点自由和一点点希望

九

秋天,到处一派石头丰收的景象
路上女孩儿的背筐里也全都是石头

石头丰收时,她得到的也是花衣、笔盒
她睡了,石头整夜都静静地待在外面

石头的好处,是没有生命,哪个时候
都不会说话,在山野中沉默无声

石头盖成了房子,石头做成了雕像
石头铺成的路,甚至通到了天上

有许多人,把石头存储在远方
在清贫中、在孤独中,得到石头的安慰

十

雪片那么轻,但是也能坠入世界的底部
给那里带来一些白色的光芒

更多的是消失了,在世界的底部,只在街角
台阶上、屋顶上留着一些积雪

有个小贩,终年都戴着一双手套在街头卖菜
有个老人常和一只小狗走在街头

在最高的山峰上也能见到积雪,和这里的
一样寒冷,一样闪着白色的亮光

街上,那些行人走着,几乎都知道,自己没有
任何可能,能把墙角的那些雪保存下来

十一

树林里那些鸟,刚才叫错了
现在岩石非常坚硬,并且还有些冰冷

蓝书

河水静止一会儿,然后再流淌一会儿交替着
浮云在天边,一直保持着静止

小鸟在河边饮水。而河水中很多透明的水珠
也和小鸟一样浑圆,一样在石头间跳动

在白昼,天空实际也遍布星光
一只亮着灯的飞船正在星星间慢慢飞行

一阵风吹过,树叶不停晃动着
树林里那些鸟,已做好了静默的准备

十二

对停下的浮云,有人正试图让它动起来
从某幢高楼的房子里,他对着一本书

查看着上面的说明。浮云静悬天边
他抬头时看到,街上行人匆匆,小贩不停吆喝

天空里还可以悬浮椅子、桌子,很多的东西
它太大了,而且还有很多地方是空的

在蓝色最深处,才能隐约看到有一点儿东西
我们一直都把天空作为最辽阔的地方,在里面

存放着和星辰一样永恒不变的东西。但多年后
它往往也只是我们身后的一个角落

十三

一场小雪薄到刚能埋住地上麻雀的小爪
马的鬃毛上也带着落下的几片雪花

马,眼睛静静凝视着什么,人却无法看到
它晃动头颅,仿佛有人正伸手摸它一样

人就要骑着它,走过刚冰封的河面
冰下面,河水无声地在日夜流动

地上,每死去一个人,雪就会变厚一些
只要走过,脚踏上去都能感觉到这点

马基本上都是被骑马的人在上面用缰绳提着
悬空着,慢慢地从那里走了过去

十四

草穗选择某个方向垂下了头颅
一些鸟也选择了某个方向,一起飞走了

在因果上，青草和空气，溪水和牦牛
可能都有互相的影响，互相的牵扯

所以当人们收割掉青稞，白昼就会不易察觉地
开始变短。你想象到的，基本就是你感受到的

和你认识到的。但是你写下的词语，却和什么
都没有关联。它们对应的都是不存在的东西

山谷里无人，溪水中那几个彩色石子
可能也会被人拿走，给你用来建造地狱

十五

在路口，刚好遇到了一个挑水的妇女
桶是满的而不是空的。这是一个好的兆头

有人说路上碰见出丧的，比遇见娶亲的
还要好些，它们预示的东西非常准确

经过了千百年的验证。空气中，所有事情间
似乎都连着线一般，有着联系有着影响

我们在一个桥头停下。嘴边呼出的热气被风撕
　　扯着

在这里,我们的结局,可能提前就显示了一些

而我们却什么也没看到,看到也意识不到。如
　　同阅读
那提前显示的东西,总要到最后才能理解得了

十六

法院就坐落在那个城里,你散步时也曾
见过墙上那有关判决的词语

你遇见的一位清洁工人,向你诉说家事
你也能看到语言中存在的那种权力

但是真正进行审判的,可能只是周围的群山
你如果注意就能发现山上,有的岩石都裂开了

山顶还有些积雪,长年不化。真正要被消耗的
就是这些岩石、积雪和一座座的山峰

人世太长了,另外,要执行的律法基本在心里
你在散步中,已遵守了一切的要求和规定

十七

中午,书像钟表一样停在某个地方。屋外
雨也停在了田野之中

书,像把很多面旗帜摞在了一起。它们
在向不同方向飘展,被书中的风暴吹动着

已经没有适合于语言的世界
已经没有适合于思考的语言

我们想象到的,就是我们认识到的
书,为我们提供了一种真人讲话无法提供的东西

安静中有着喧哗,虚构中透露着真切
在桌上,成了我们最为矛盾的地方

十八

龙的鬃毛的主要用途是在搏斗时
感触对方身体,然后才用于示威、恐吓对方

在你拼命的过程中,你才想到了这一点
杨树金黄色的叶子,容易遮挡着龙的某些部分

你看不到什么。龙的角,如同树枝交叉在一起
秋天,在陆地上龙也带着全身的鳞甲

然后是一场降雨。当你醒来时听见的
只是钟表走动的声音,然后是远处龙的叫声

龙的鬃毛,更多的是为了感受远方的风暴
它现在就轻轻摆动着,感到了从远处过来的气流

十九

外面,是衰老的蓝天,边沿上已有些破损
下面的山还是完整的,河水也是完整的

破损的只是枕巾、水壶和一两个本子
一本书倒扣在桌上像是人类早期的帐篷

在阅读中,书里面就会有人一个个走出来
有的去河边提水,有的去拾柴火,有的翻过山梁

之后不知去向。也有人从远处一个接一个
走进书里,消失在词语的岩石、灌木之中

墙上钟表还在转动,指针一直认为它走的是一条
道路,因此才觉得一定会有一个终点、一个尽头

汇聚的困惑

彩虹

一个小姑娘感到全世界只有一个彩虹,下雨后一些天上的神灵就在各地搬来搬去的,供人们观看。

在词语当中,也只有一个词语"彩虹"。

到处,能理解的都是能被书写的、能被阅读的。在不能理解的地方,彩虹也无法出现。

彩虹,实际一头在人间,在现实中,另一头伸入词语,伸入另一个世界探索着。

正是由于它能够伸出去,伸入另一个世界,它才是彩色的。

而我们在自己居所周围,经常看到的都是一道灰白的彩虹。

六月(一)

人们和牦牛群,都被写作消耗着,只是还没有人能感到这些。

书里面的人,几乎都不相信书外面的世界,不相信它的沉重、漫长,甚至不相信它的存在。

牦牛长年累月都在致力于将其吼声当作陈述、表达,再慢慢将其塑造成一种语言。

牧场上空,蓝天带来了太阳、彩虹、微风。

写作当然也在消耗着太阳。

谈话

有人从口袋里掏出一个小东西放在了桌上，"这就是纪念碑，我的，私人的小小的纪念碑，我缺的只是安置它的广场。"

"你还缺一场雨。雨中的广场才会有点儿悲痛的气氛。"

"我还缺遗体，很多的遗体。有许多在那荒野上，我已经找不到了。"

"它们可能太分散了。"

"但是它们最后可能都有着一张平静、安详的面孔……尽管这只是一个私人的小小的纪念碑，里面也全都是石头。"

"这和一个私人的词语一样……也缺一个广场。"

那人走了出去，门口的风还是带来了他最后的话语，"我也缺这词语，连私人的都没有……"

蓝书

山坡上

　　山坡上人们的房子很旧了。房子上似乎还有被老虎啃咬过的印迹。
　　人们抓了那么多青蛙，然后吃了它们。所以，慢慢地，蝌蚪也成了他们语言中的一个符号：逗号，表示一次极短的停顿。
　　每一次，都是死亡构成的停顿。
　　除此之外，逗号再没有别的意义。
　　他们也再没有别的语言。

夜间散步

　　大部分地狱都是私人的，是你的、他的或者我的，里面灯火明亮，不时有一些声音传出来。而公共的、集体的地狱虽然高大宽敞，却非常安静，一片昏暗中只某个角落里亮着一点儿灯火。
　　有人把床搬出来支到几丛牡丹花旁，在夜里也想陪着那些花朵入睡。那些硕大的牡丹花像一簇簇篝火燃烧着，很容易点燃别的东西。
　　公交站台上几个女孩儿安静地等着车。路灯下她们垂下的眼皮，像春天树枝上新发的树叶。
　　最为有用的，仍然不敢用。
　　我完成散步，静静地站在那里。
　　其他的都还在试验当中，都还在尝试当中。

两只手

有时候一只手在另一只手里，就像一个胚胎躺在它着床的地方。

或者就像一只小鸟待在一只笼子里，笼子门开着，但它并不飞走。

有时候两只手互相纠缠着都想躲进对方之中，都想躲进对方手心深处的山谷之中。

一只手对另一只手说："月亮升起来了。""是的，它太亮了。"另一只手回答。没有人听得见两只手的会话，因为他们使用的都是手语。

有时候两只手许多年都被分开着，无法见面，它们在不同的地方过着各自的生活，它们的手心始终都是空的。

有时候在出租车上两只手也拉在一起，互相抚摸、互相缠绕，在短短的时间里就完成了男人和女人相爱、生育、衰老的过程。

有时候，从解剖学上来说，手就是心脏，或者就是大脑。

其他的，头发、胳膊、双腿等，都是手的身体。

红果

那时候，白杨树还结一种红色的果子，这和下雨一样都是很自然的事情。

我睡觉时一定要睡在妈妈身边，她身上熟悉的味道让我很快就能入睡。那是种植物慢慢燃烧的味道。

现在，母亲已经逝去，白杨树上的红果也已消失，两者永远都不会再现于世了。

在午后的炎热、寂静中，两者一个比一个显得虚幻、不真。

蓝书

乌鸦

　　天边，有十几只乌鸦飞了过去。由于乌鸦不需待在一个地方，都能随意飞行和同类交流，所以它们的语言中也几乎没有什么方言，但尽管这样，它们说的话我仍然还是不懂。我认识一只乌鸦，上一周它来信说到它的近况，"在我们统治的国度，"它说，"不能给你写信，也因为我们所用的这语言，千百万只乌鸦，只要谁使用一次，它就又成了一种新的语言。"

羊

一只被压倒后宰杀的羊，临终时在空中用力地蹬着四肢。它可能感觉自己骑在了一辆自行车上，正在飞奔着离开这里。

人们剥下了这羊的皮，并没发现这里面包裹着自行车。人们看到的仍是羊的胸膛、肚腹。

人们再把羊的心脏切开，放进锅里，直到煮熟，也还是没有发现任何与自行车有关的东西。

那么，那自行车对于这羊，可能就是诗歌。

那自行车对于这羊，可能就是某个剧院的舞台，或是某个晚上飘然而至的一个女高音，或是在空气中悄然开放的红玫瑰，是那种它曾经渴望但又无法企及的东西。但就在这羊临终的时候，它终于还是发现了，那就是一辆普通的自行车，什么也不是，冰冷、坚硬，唯一的一个车铃还坏了。羊骑上它，用力蹬踏着，离开了这里。

蓝书

高原湖泊

　　草原太平缓了，千百年中，雨水、泉水无法流散而汇聚成了这个湖泊。周围，偶尔只有湖面上一些水鸟鸣叫的声音。

　　这么宁静、美丽的湖泊，实际却是一个汇聚的困惑，一个巨大的困境，躺在那里。

　　我们走过去，然而我们也没有任何办法。

　　但这个困境却映照出了我们。同时它也映照出了天空、云朵，还有旁边的山丘、电线杆和吃草的马匹。

　　水清澈无比，它无处可去，停留在这里已经很久了。和人类完全相反，它越是困惑就越是清澈，越是痛苦就越是冷静。谁也不敢轻易触弄它，它太凉了，尽管头顶是夏日的太阳，湖水仍然冰冷刺骨。一些水鸟漂浮在湖面上，嬉戏之后高翔在蓝天之上，它们最多只能带走沾在羽毛上的一些水滴，整个湖泊也不可能升上天空，依旧停在那里。

　　草原广袤、荒凉，不过人们还是可以保存住这个困境。

　　我们弯下腰，捡掉了水面上的几片草叶，赶走了湖边吃草的几匹马，然后悄悄离开了那里。

我的树

我的树因为我的原因被分配到了某座山上,然后多年没有移动。

然后我反思我自己,寻找这一原因,不断地改变我自己。

然而我的树依然没变,还长在那座山上,风吹过来,树叶在哗哗作响。

我的树因为我的原因也不结一个果实。这棵树的果实就是它自身。

现在,我因这棵树的原因而被分配到了更远的另一座山上。

我还在反思自己。这种反思在我的内心成功地修出了一个地狱。

但是当我死去时,这个地狱才会显露出来。

这个地狱必然地就会解释说我的树就应该为我而牺牲。

因为它是地狱,它也会解释说我也应该为我的树而牺牲。

母亲

当我从一个很远的地方走来时,看到母亲在那里哭着。

因为她未能怀上我。

现在,我在这里哭着,因为母亲已经去世了。

我仍然独自一人,这中间已度过了四十多年的时间。

母亲看到一棵树苗,感到树干、树枝也有一点儿像人的脊椎、肋骨。

她希望它能长成一个孩子。

我已经四十多岁。我可能还要继续前行,穿过一个又一个女人去出生。

而她们都同样是我母亲。终点可能就是一片无边的虚空。

也可能我刚逝去的这个母亲就是我最后一个母亲。

而终点就是现在,我走到的这个地方。

回家

　　楼下和往常一样停放着住户的一些汽车，在我走过时，突然间，所有汽车车牌上的数字全都自己动了起来，如同电子秒表般飞快地跳动着，像是在给一场赛跑计时一样。

　　我停下来，默默等待着，直到所有车牌上的数字都停止下来，不再跳动了，才走了过去。

　　赛跑可能是存在的。

　　只是我可能没有看到。

　　我拖着疲惫的身躯走上楼梯回家了。我并不关心汽车，我知道那车牌上的数字都是上天给的，是固定不变的，不会有任何的变化。

　　数字在地狱、天堂这样一些地方基本没有什么意义。

天空

那是八月，天空像是动物被屠宰、剖开腹腔后，露出了内部已经死去了的种种巨大、复杂的器官，它们都被命名成了各种各样的星系。我细细地在天上观察、寻找过我逝去的母亲，在天上，她也还是靠给人缝补衣服而生活。天空中一些地方被太阳系或银河系这样巨大的星系，或是船体般、碟状般的星座遮住了，我就要一直等着，等到这些星系、星座如同云朵慢慢挪开后，再一一扫视原来被它们遮住的那些地方，看看有没有我的母亲。她太小了，很难看见。天空非常昏暗，布满了大大小小的黑洞，但我猜测母亲还是能在陨落的星星带来的一些亮光中，穿好针线，然后借着周围一些天体上余火的亮光，做些缝补的事情。她那么能干又不知疲倦，应该还是能够生存下来。

月亮升了起来，那只是一种古老的计时用具，在天上发亮。

行人渐渐稀少，街道变得空旷起来。

我站在那里望着天空。眼睛，没有眼泪流出，也没有闭上，只是有些酸疼。它一点儿都不适合人的身体，不适合人的文字，也不适合这片天空。

记录

　　中午的时候，第一片雪花落了下来，到下午，第六亿七千万零五片雪花落下来后，雪就停了，天空中再也不落下什么了。我尽管因长时间地数点这些雪花而眼睛干涩昏花，但也有一种任务完成之后的轻松感。我抓起路边的一把雪，它有三百八十五片，我感到有点儿太多就又放回了原处，然后又抓了一把有二百三十一片雪花的雪，把它放在了额头上，那种冰凉让我的大脑和眼睛都清爽了不少。

　　当我经过一条长长的街道回到家里，进到厨房准备做饭时，外面雪又降了下来，我只能又站在窗前开始数点这些雪花了。雪轻轻地落入院里，落到了没有树木的山上，落到了草原深处牛群的脊背上，也落到了山腰中我父母的坟头上。整个高原都在落雪，已经九亿多片了，但雪还在继续，纷纷扬扬，悄然无声地飘落着。一棵杨树上落了一万三千多片，旁边另一棵杨树上落了两万一千多片。它们旁边的一条河里落进了不知多少白色的雪花，但仍保持着自己的深绿色，缓缓地从远处流了过去。整个镇上，半夜里啼哭的婴儿、悼亡者、一个老人和我眼里的泪水，都来自那里。

供热公司

　　天气已经很冷了,但是还未供暖,房子已经快成了冰窖。窗户玻璃,在寒冷中变得更为透明,像某种仪器一般,能看到很远的地方。

　　有人再也无法忍受,对着房子中冰冷的暖气片喊叫着,请求能尽快供暖。那叫声会通过暖气片、暖气管道,一直传到供热公司空空的锅炉之中。

　　因为暖气通向了千家万户,夜里通过暖气管道也能听到各家各户屋子里的声音。一个女人在请求她的丈夫放过她,一个男人在大声咒骂着他单位里的领导。

　　长长的夜,供热公司汇聚了太多无人听到的声音。因这些声音,在市郊的地下,那些供热管道也默默地伸向了荒野,伸到了很远的地方,伸到了大雪覆盖的草原,从那里,吸收着将要供给我们的热量。

作品说的话

　　作品每被一个人读过都会低声地说一声谢谢。
　　但是大多数人都没低头把耳朵贴到作品身上去听，所以都没听到过。它既不想失礼又不想失去自尊，所以声音非常小。
　　另外，作品所说的每一句话，都要从后面，透过那些字词才能传出来，而这却比穿过一堵厚墙还难。往往作品说的是这个意思，但透过那些字词传出去后却成了另一种意思。
　　但是作品又只能通过这些字词传达它要说的，除此再无办法。
　　偶尔，也有人将耳朵贴到作品身上，耐心地在听它说的话。
　　作品对这样的人说了什么吗？什么也没有，而只是无言地流下了感激的泪水。

音乐

　　有些雕塑是可以吃的。如果你真正饥饿的话。比如酥油花,那全是用酥油做成的。
　　如果你真正饥饿的话,纸张也是可以吃的,并可以借机更好地咀嚼、品尝那上面的小说或是诗歌,直到把每一个词语都嚼碎。
　　只有音乐无法充饥,它从乐器中飘出来,进入空气里,人只能将它呼吸进身体。
　　我此时就正呼吸着,体验着肺里那种刺痛、灼热的感觉带来的快乐,感到自己成了一种新的动物,或是体内又有了一个生命。
　　因此,当音乐结束、停止,就有一个靠它呼吸的生命结束了。
　　甚至能听得到它滑下凳子,或是一头栽倒在地的声音,然后才是真正的寂静。

类似

雾是用手做出来的,马匹是用手做出来的,我也是母亲用手做出来的,然后被她放进了自己体内,像放一件等待烘烤的瓷器胚胎。然而现在我的妻子已经没有这手了,所以我们也就没有孩子。我们也没有雾,没有马匹。

早上起来,我们看到的是类似于雾的一种东西,在外面飘动。我们看到在山上吃草的也是一种类似于马的动物。还有一个类似于我们孩子的人,一脸的胡须,头发灰白,站在门外,一遍遍低声地恳求着:"我再也不了,妈妈,我再也不了。"

作为镜子

镜子作为一本书,页面非常之多,接近了无限。

镜子作为一条河流,里面的水昼夜流淌着,却能让许多人渴死。

镜子作为一页白纸,上面的空白不仅广阔而且深不见底。

镜子作为一只轮子,永远都在高速旋转,以保持那旋转出来的镜面,当它停下,镜面只会成为有几根轮辐的轮子。

镜子作为一片天空,里面没有任何天体。

镜子作为一只冰刀,一直都在墙上等待着滑动起来,然后拐弯,从世上消失。

地图

只有在他为这个国度绘制的一幅地图里有一条河流。

在地图上,这条河的线条非常完美,美到让这幅地图都快成一幅美术作品了。而有些画,事实上却只是一幅地图而已。

河流穿过纸张,却没有将纸张打湿。有一些山脉跟着它逶迤前行,有一些只是远远地看着,它们山顶上的积雪融化后全都流向了这条河流。

只有在他为这个国度绘制的一幅地图里有这条河流。

我将尽一切努力找到它。

我带着很多的水、食物。为了找到它,也带着一幅没有它的地图。

房间

声音从桌上的一部小说中传来，是一个女子的呼救声。

当他走向那部小说时，脚下地板咯吱作响，像是湖面刚结的薄冰一样。

那个女子在某个地方，头发散乱，一边挣扎一边呼救。

阳台上秋天的月亮静静地照耀着，整个房间都像是通向某个世界的走廊，但他却在里面沉湎了多年。

一个白色的乒乓球原本在桌上，当房间倾斜时就掉下来，滚到了床下，永久地停在了那里。

一些水汽从去年以来也就一直停在这屋里，从窗玻璃上的水珠变成看不见的水汽，又从水汽变成窗上的水珠，就这么永远地循环着。

他停下来，感到一个巨大的阴影从房间外边走了过去。

这世界，不真实的只是小说。

牛肉面

　　牛肉面馆里,那个年轻的拉面师已经坚持了多年,一直在构思着他心中的一座雕塑。
　　每一碗面里都有不同的脸庞。
　　人得吃下碗里映出的自己。人得翻出那面里埋着的文本。
　　人也得认出哪些是面条的语言,哪些只是语言的面条。
　　那碗里,像田野一样五颜六色,你劳动的果实最后都呈现出来了。
　　只对于你,那碗口像断头人的脖颈那样安静。

蓝书

狼和小羊

　　狼来到溪边,看到小羊也在喝水,当狼如同寓言所写,正准备向小羊发问时,却突然发现自己只是动物,不会说话,它根本没有语言。狼被这一困境困在了那里,呆呆地站着。这时小羊却突然抬头说:"你是不是要怪我弄脏了溪水,可我是处在下游……"狼没想到这只羊会说话,它从未见过这样的羊,吓得掉头就跑。身后,小羊还在嘀咕着为自己辩解:"我并不会说话,这只是种文学手段而已……"

　　羊没想今天看到了一只让文学吓跑了的狼。

　　从此,小羊就爱上了文学。而狼至今还在草原、山岗上像个幽灵般的四处流浪,而它越是凶残,文学就越像是真的,越需要让一只小羊张口说话。

采访

曾经发生过这样一件事，当一个电视台的记者手拿话筒，在街道边随机采访一个男子对当地物价的看法时，这个男子突然面露凶相，一把抢过话筒，三口两口就把那个话筒吃进了肚里，比吃一截黄瓜还快，之后才张口说话。可是由于他吃下了话筒，他的话既能通过他的口腔传出来，也能通过他肚里的那个话筒传出来，人们已经听不懂他说的话了。人们感到他说的话既像是提问，又像是回答；既像是新闻报道，又像是诗歌；既像是代表电视台，又像是代表市民。这个男子几乎一个人就构成了一个世界。

鸟（二）

生活完全有可能会把我的一个大拇指雕刻成一只小鸟。

我自己还可以把另一个大拇指雕刻成一只老鹰，只不过它太小了，看上去仍然只是一只小鸟。它们两个一直待在那里，什么也不吃，但是也能鸣叫。你要靠得非常近，甚至把头都挨到它身上时才能听到那叫声，就是这样也还是难以分清那究竟是手指血管中心脏的跳动声，还是雕出来的这只小鸟的鸣叫声，但总还是听到了，远远地就像是从星空中传来的鸣叫声。

这种雕刻必须一次完成，因为我不会再生出两个同样的大拇指来作原料。这种雕刻自然也不会一直保存在世上，最终还是要随同整个身体被埋掉或被火化成灰，成不了真正的艺术。所以要在活着的时候进行雕刻，死去之后尽管也可以，但几乎已经没必要了。

灯火

　　有人把小刀伸向灯焰消毒,后来成长为一名医生。

　　有人在灯焰上熔开了手上的铁镣,然后消失在夜幕之中。

　　有人把双手拢在灯焰周围取暖,然后握住另一双手向其传递着一些温度。

　　多年前,有一天我不得不离家远行,母亲告诉我男子汉两边肩膀上都有一盏灯,一定不能让它灭了。外面风很大,但我还是走了出去。

　　到现在它还是明亮的,没有熄灭。

　　也可能是多少年中,我从来就没有承担过生活的重担。

　　我每走进痛苦之中,就能感到肩膀上的灯亮着。

蓝书

力量

在一个大院子里,他们让我每天背着母亲去吃饭,我做到了。

他们让我每天背着母亲去上厕所,我也做到了。

他们还让我每天背着母亲去和邻居老人聊天,完了再背回来,我也做到了。

这些我都做到了,这些我都在一个梦里做到了,在母亲去世两年多后做的一个梦里都做到了。

他们让我背着母亲翻过十座高山我也能做到。

但是他们却让我醒了。

洋芋

洋芋，也就是土豆，只要在柴火灰中烧烤，就会出现一种野外的味道。

洋芋浑圆，看上去像是熟睡的婴儿头颅，可是不管怎么也不能说是在烧烤婴儿头颅。

所以一定要放弃比喻、拟人一类的东西，否则连顿烧烤洋芋也吃不安心。

只能给别人创立一种叫作"文学"的东西。

然后才可以安心地吃上点儿东西。

也许，吃对洋芋来说才是一种最为深刻的理解方式。

真理

特朗斯特罗姆有首诗结尾时写道:"真理就在那里,在地面上/但没有人敢接受它/真理就在那里,在大街上/没有人把它据为己有。"我想方设法找到了他说的那条街道,看到那个真理还放在那里,我走过去把它捡了起来。

由于这是真理,我捡了也不能就说它是我的,我捡了也不能把它独吞私藏,还要和大家共享。我也不能把它赠予别人,因为这就等于说自己放弃了真理。我唯一可以做的就是把它时时处处带在身上。我把它捡起来,同时也就捡起了捍卫它的责任,这非常艰难,有时甚至得抛家舍业、牺牲一切才行。而我在以后的日子里实际上也为此付出了巨大的代价,有一次差一点儿就丢掉了性命。

多年之后,当我历尽沧桑满头白发时,又独自一人来到了特朗斯特罗姆所写的那条街上,真理被捡走了,街上空空的什么也没有。我不由得感慨万千,那首诗现在可以这样写了:"真理就在那里,在我身上/但没有人敢接受它/真理就在那里,在我身上/没有人把它据为己有。"

象征

屋子里，一个青年诗人向正在请教的老诗人说了句他不喜欢象征、反对象征之类的话，没想到老诗人立刻暴跳如雷，对这个青年诗人拳脚相加，一阵拳打脚踢之后，又走过去拉开抽屉，取出了一把刀子，过来猛一下就扎在了那个青年诗人的身上。青年诗人在血泊中挣扎着，还被老诗人从胸前一把提了起来，"没有象征的话就只有这样了，"那个老诗人气喘吁吁地说，"要是有象征的话，我只需要坐在桌前向你举一下拳头就行了，它象征着暴力，你一看就明白了。可你反对象征，我只能这样做了，这太费事了。"

青年诗人死了，听到的人们都在想，要是他不反对象征，或者他的身体能象征性地流一些血也就不会死了。但是也有一些人认为这个青年诗人的死其实才正是象征性的，他实际可能还好好地活在一个人们不知道的地方，只不过人们还不能理解罢了。

任务

这完全就像一个开花圈店的人，开张三个月了还没做成一笔生意，为了至少能够售出一个花圈，他甚至盼着镇上哪儿出事死人，他知道这不对但是也没有办法，他的任务就是出售花圈。他难以抑制自己盼望死人的想法，之后就要不断地为此谴责自己。谴责自己也是他的任务。

这两个任务他绝不可能同时做好，最好的办法就是，让他做出一个不能用于祭奠死人的花圈，然后才能售出。

为此他进行了不断的尝试。

他做出的第一个花圈，是在一个真正的花圈上贴了一个大红的喜字。

他做出的第二个花圈，是在一个大红喜字上用胶水粘了一个缩小了的真正的花圈。

他做出的第三个花圈，是花了一年时间，在一块巨石上雕出的一个石头的花圈，没有人搬得动它。

他做出的第四个花圈，是在一个竹棍扎起的架子上糊上的一张圆形的白纸，上面一片空白，没有一朵纸花。

他做出的第五个花圈，会发出一种大笑的

声音。

他做出的第六个花圈,只能存在一两秒钟就自动消失了。

就这样,他已经做到三十多个了,现在他的库房里全都摆满了这些东西,连人插脚的地方都没有,而他仍然乐此不疲,正在尝试做下一个。现在,做出这样一个花圈成了他的一个任务。

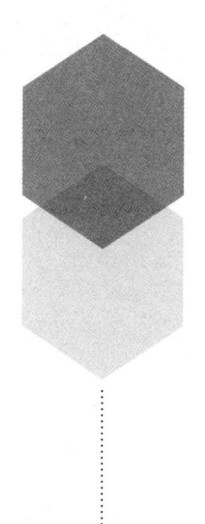

红桦树和水磨房

高山上

在高山上人们埋葬过一条河流,埋葬过
父亲
河水在泥土中再一次成了纯洁之水

开始时山顶上仍有河流奔腾的声音,而后
才归于了寂静
浪涛停息,将在地下静止成一块块矿石
还有那一道道波纹,也将会在泥土、岩石下
静止下来
只有在山顶上,一个人站着
才容易发现埋葬的一条河流,才能够看清
山脉有时候像更大的一条河流在奔腾向前

天空蔚蓝,树木葱郁,从未离开原来的位置
多少年过去了
在高山上,一条河流还在闪着光芒

蓝书

命运

多年之前在磨房中,似乎是我,在负责要让两
　　片磨盘
转动,而不是那清澈的流水。我在负责,要到
　　最后
将它们磨成两个小小的薄片

多年以后在某个小镇我依然在继续,已经到了
　　中年
石磨,有着更为深远的原因要继续存在
最后磨盘要被磨损成一堆粉末,之后消失

所以,斯宾诺莎要以打磨镜片为生,杜甫的
一个孩子要被饿死。我走向水边,河水
则要永不停止地流淌,拍打两岸,永不停止

草棚下

在草棚下一匹红马全身被绳子吊起来，它的一条
后腿被摔断了，还在治疗。一只公鸡
在院子里转悠着。这都是必然要发生的事情
一个男子，每天都强行地给那匹红马灌接骨鱼吃
他接受的是一个世界，而他理解的则是
另一个世界：马吃着鱼，鱼连接断骨，他要抓鱼
公鸡，则一直朝着世界之外打鸣，它唤醒了
虚空，因此，天空中才有了一阵风，可以吹动
云的骨架，正让云从一种动物，变成另一种动物

蓝书

下午

有一个人甚至都不知道自己已经死了,感觉
自己还在路上走着,要去办事
正是八月,白色的云朵,携带着太多的清水悬
　浮在天空
一排房屋静立在阳光之中。你如果在这里
大喊几声,那个人也许
就知道自己已经死了,而会在那里静静站着
知道这是一个下午,他在地上没有影子,他已
　不存在

父母坟

每当我父母的坟墓经过车站、市场，最后经过
　　广场
从对面大楼的一角划过时，我都正好走在下班
回家的路上。我父母的坟墓已成了一个新的天体
浑圆、无声，也反射阳光
我有时只要稍微眯一下眼睛就能看到它们在天
　　空里出现
它们将终生围绕我的头颅旋转，仿佛我头颅的
　　两颗卫星
爸爸，现在就是草稍长些的那个天体，妈妈，
　　是左边
那个，它上面的土还是新的
当我来到千里之外的荒野，它们甚至也夹在
众多的星星间高悬在天边
他们活着的时候也没来过这么远的地方
我在街上或在家里，从客厅来到卧室，做饭或
　　是看书
耳边一直都有它们飞旋的声音
几片云悬浮在天边。能看到山上树梢、悬崖壁上
慢慢移动的阳光
父母的坟在远处还显得很小，但我也一直注意
　　着它们
并期待着它们能将我带走

蓝书

公园

公园的某处，鱼和水总在一起
公园的某处，一个孕妇坐在长椅上，身体
里面已经有了另一个身体
我清醒，然而在犯着一个又一个错误
公园的某处，骨头在腐烂
一座喷泉哗哗作响
我存在，然而又面对着广阔的虚无
一只老虎，在公园里像一个金黄的海浪
在远处闪耀
一座喷泉被精神支撑着
我走下来
公园的某处，有个人在叫我
我答应了，然而却走向了另一个地方

今天
——汶川大地震纪念

我把那些从废墟中挖出的身体当成我的心脏了
我希望他们能跳动,但他们依然
在为我们而静止

我在一个离得很远很远的地方静坐着
杨树长出树叶,鸟鸣已升向更高的地方
在空气中,在为我们而静止

秘密
——汶川大地震纪念

只有我一个人知道,大楼东边第三个窗户下面
埋着一个小孩儿
一台刚刚发明出的救人的机器,在空中缓缓地
　　降落下来
只有我一个人知道
我昨天在一个地方刨一个小坑,而里面渗出了
　　血水
我们当中,有人和我一样拿着一把小刀
只有我一个人知道
那个废墟下被埋住的小孩儿,最后长长地叹息
　　了一声

在人海中,这场地震如同标志般挂在我的脸上
而在这之前,我只像个迟迟不能完工的雕像
只有在一些深夜,死者们才一个个前来雕刻
我没有新的问题来问大地或者空中的神佛
只有我一个人知道
有一个地狱,另外也有
一间分给我个人的房子,它很小并且也在那里
　　被震塌了

十一月二日

村庄。静静的。鸟们飞过山丘,飞过田野
那天他真的像他所写的那样是存在的,在场的
站在一座村庄的外面
周围几乎没有声音。田野是空的
天空是甘肃的大海
却缓缓地飘下雪来
河水结满厚冰,阳光斜照着。寒风中
杨树从枝头麻雀的小爪上
感到了温暖

蓝书

再次梦见童年拾麦穗的夏日

天气炎热,在麦地里,我感到孤单
在地边草丛里就有鲜红的草莓,而我
不能去摘。麦茬戳疼脚腕
虫子鸣叫。草叶窸窣作响
所有的声音,最后都以回声的形式消失了
现在的我最为清楚,却也常在半夜里
睁眼躺着,等着最后的那点儿回声
我拾了满满一背筲的麦穗,在梦中
到家了还默默站着
等待着,还希望能听到些什么
自从父亲和母亲去世之后
就再没有人夸过我了

磨房

我拆卸着一座水磨房而寻找着童年
村庄、树木、阳光仍在原来的位置

有人曾俯身,从磨眼里面观看到了
极深处的阴间的场景

没有什么从磨眼中喷发上来
也没什么在进入磨眼后能保持住原样

鸟在高空中摆脱了。但鸟的翅膀和磨盘
都为着同一的目的,在那个小山村中

中午安静,阳光下,可能
只是人呼出的气息推动磨盘转动着,之后

磨盘带动了河水向前流动着,然后我才在
水面上看到了有着杨树、云朵的平静的风景

蓝书

冬夜守灵

大部分星光是绿色的
有些星星会在注视中变大
有的星星上面能看到没有水，有的
上面则全都是冰雪
有的星星上面有狗，至少
有一些狗叫声传到了这里
有的星星上面有狮子
它站起来抖动着鬃毛。没有哪个物种
是设计出来的，它们全都
不适应它们的所在
而在痛苦地进化着
不知道尽头
大部分星星上没有任何生命
都只是无尽的荒原
在那里燃烧着
从很远处看
我们周围的群山可能也有光芒
也在闪耀。在寂静中
只有溪水一样的晨曦有一些声响
它正在缓缓到来
而我们，仍然还要
适应它们

药片糖衣

每次悄悄拉开抽屉，取出一片药片，含在嘴里
直到药片上那点儿糖衣都溶化后，又吐出药片
　放回抽屉
不让大人发现
那点儿糖衣的甜味，能在嘴里停留一个下午
屋里很静，大人们都不在家
村子里只有几只狗在叫
屋里就我们抵着药片上的糖衣，小声叽叽咕咕
　地笑着
最后，各种药片都变成白色的被放进了抽屉
母亲常常会认不出都是什么药，到时只能再去
　买些新的
这中间，她可能哭泣过，而我们却不知道
药片上
那点儿糖衣那么少，几乎没有办法
和任何人分享

父亲

下午光线强烈。太阳在非常遥远的某个地方
极其痛苦地和我们
保持着那个距离,不能太远也不能太近
树因此只能成为这样。他的一生也只能成为这样
如果去找他,他的身材、声音应该是他的特征
散步也是他的一个特征。他的散步
保持了多年,但现在他却已经不在这里了
消失、不在、空无,这些则成了他现在的特征
太阳从极其遥远的地方,将这里的雪
融化了。留下了树木、石头
多年过去,房屋有些变旧,桥没有太多变化
风冷冷地吹着,能看到
空气上面,还留着他呼吸过的痕迹

一只冻死的麻雀

我们把它裹上泥巴放进火中,然后默默等着
火焰中出现了某种严霜的光芒
我们给麻雀翻身,挑动着火堆
火苗不断向上,跳动,释放红色的热量
烟离开树枝飘向高处,再也不会回来
我们把那些泥巴敲掉,扯掉羽毛
山中活着的麻雀,看到了可能都会全身变白
可能都会成为雪片飘来
我们撕下麻雀的翅膀和腿咀嚼着,都不说话
把它送入肠胃,把它放在了
我们最痛苦的地方
缓解了一会儿,然后我们才又走进了山里

树枝

找一个适合做弹弓的树杈并不容易，在村后的
　　山坡上
一片灌木林中，我一根一根拨开树枝查看着
就是在这片林子，我原来的一个弹弓，曾经将
　　一只
小鸟的脑髓打了出来
我还将这鸟的血，在弹弓上抹了点儿。伙伴们
　　都说这样以后
会打得更准。他们也都用他们的弹弓蘸了点儿
　　这只小鸟的血
现在，这林子里只一片寂静
偶尔停下，周围很深处似乎还有一种
我用原来那个弹弓打到学校
那口破钟时的嗡嗡的回声
我没找到合适的树杈，不小心手背却被一根树
　　枝给划破了
血流了出来。在周围一堆绿色中，血很红很亮
一阵风吹过来，一瞬间
我突然看到周围许多条树枝都在努力往下弯着
　　腰，都在努力
想蘸到一点儿我的血

我怔怔地站在那里,枝叶间阳光闪耀
手上血还往外流着,山下,狗们在大声地吠叫
它们可能,也看到了这些血

童年西瓜

全家人坐在一起，父亲，让我们把菜板和菜刀
从厨房拿到正屋，之后他自己来切瓜
炎热的夏天，一两朵云停在天上
我们这些孩子仅仅吃过些山上的李子、樱桃
西瓜，想象中绿色的瓜皮里面装的都是
红色的山雪，入口就能融化
父亲第一刀，总是先要从瓜蒂处
切下一片瓜皮，用它擦拭菜刀的两面
说要擦掉刀上的油腻，不要影响瓜的味道
夏天的清爽，几乎就是他这样保留下来的
对于我们，味觉似乎比任何东西都更真实
比石头还能长久地保存在记忆之中
父亲擦好了菜刀。夏天炎热
我们多次踮起脚摘过还没成熟的李子和樱桃来吃
现在舌尖上将带着它们的那种酸涩，来吃第一
　口瓜了
周围的事物，都和西瓜一样鲜艳、真实

清点

清点羊只时,天已经黑了,打开羊圈门
里面卧着的羊全站了起来

羊圈里曾经有过的很多故事还在流传。有只羊曾经
说过话。有个姑娘曾在羊圈中生下了孩子

一个将军曾在自己的头被砍后
拾起一只羊头安在自己颈上,继续拼杀

天完全黑了,一些星星亮起来
在这些羊眼中,星星也不只是遥远的天体

它们还见证了每一只羊的存在
是羊群感到的永恒的火焰

夜夜都在那里烘烤着它们。我关好圈门,关掉
手电筒站在那里,却只能感受到夜空的凉意

圈中羊全卧了下来
山里非常安静,溪水响动,流出了很远

蓝书

休息

乌鸦早上就在啼叫
但现在，灾祸仍然还没到来
空中，风暴的轨道隐隐发亮
妈妈拼命地踩着缝纫机
一只手推送着布料，一只手
从另一头拉扯着，把它
从针下拉过去
阳光从门头的窗户照进来
她手里的布料，有时像
田野上的一片白色的雪地
有时像一块黑色夜幕
缝纫机高速运转着
冰凉，如同石头
妈妈被困在那里
为了不要让头发
掉进所做的衣服
她戴着一顶灰色的圆帽
昨晚在梦中
妈妈仍然这么忙着
她已经去世了多年
不知道
她为何还不休息

墙角

墙角处,一根电线伸出来的线头,像是死亡的
一个钓钩。当一个人真的死去时,有些东西
瞬间就失去了用途
有些东西,如指纹一般无法遗传也无法继承
太阳在天空飘荡着,如同一块木片在那里燃烧
山岗的轮廓线像一片波浪在窗户里起伏
屋里没人时波动得更为厉害
阳光一直斜照到了墙角,地上放着一双皮鞋
每一天,它的主人都有穿不上它的可能

蓝书

平静

小一些的白桦树,树皮像是包着的一层光滑的
　　瓷片
整个天穹,也镶嵌着这种瓷块,有时是蓝色的
有时是灰色的

我靠在一棵白桦树上,尽力保持着平静
不让树上面的雪落下。夏天这里遍地鲜红的野
　　草莓
我弯腰采摘时,也尽力保持着同样的平静

夏天在州自来水公司那边

在州自来水公司那边,一座桥过去
一片平房那边
晚饭后,经常有一个月亮升起来
它比我们常见的那个稍大一些,稍白一些
昨晚它也出来了,而我正在另一条街上忙碌
市镇,偶尔会有一两个鲜艳的气球慢慢飘起来
我今天回家时已是深夜
最后,快到家门时才看到了自来水公司那边
升起的那个月亮,静静地挂在天上
我疲惫地躺在床上,睁着眼不能入睡
它将自来水公司那边的街道、房屋,照得一片
　明亮
并正在慢慢飘过人们的窗口
但是人们都已睡了,也没有人发现
空中有两个月亮,没有人
注意过路边,没有影子的一些树木

夫妻生活

我们一起走路时,风把裤子吹得紧紧的,贴在了
　腿上
我们一起洗衣服时,我说到了童年,在山中见
　到了
麻雀夫妻,乌鸦枕头,还有一树无名的果实
我们拥抱在一起时,不希望有谁看见,也不需要
高飞的大鸟减轻什么
它如果飞来,也会不屑于把我们带走,它会去找
另一些人。它如果飞来,我们也看不见它
我们一起进入秋天时,深深地感到冷了,感到
还需要两个人来这里
做丈夫的丈夫和妻子的妻子,在我们屋里忙碌
我们一起做饭时,我说还是吃米饭吧,她说好的
我说,还愁什么呢。没愁什么,她说
我们一起看电视时,把冰箱的门打开忘了关上
我们一起躺下时,望着屋顶,在床上,散发着
　淡淡的光芒

烟

在每一个烟囱口上都接上密封的管子,如同水
　管一样
把烟送出了这城市后
街上干净极了。恋人们也携手出来了,而且
街道也会是那种
你站上去,它就自动送你前行的宽大的转动的
　履带
不过人还是在死亡,甚至还有人突然倒在履带
　上就死了
被转动的履带送向了远方
我一个人来到了郊外,在那里
又见到了手推车、狗、铁锹和升上来的缕缕
　炊烟
苹果静静地挂在树上,只有它还保持着发芽、
　开花
结果的过程。我把我保存了多年的信都拿来了
我把它们烧了
信纸的烟显得更加青蓝、自由,在火苗上方像
　一只
精美的瓷器
我低下头哭了
我还听到了树林中一只小鸟的鸣叫,但没看到

蓝书

　　它的样子
那可能也是
一种烟的鸣叫

傍晚

八月的傍晚。森林上空
是一道月牙上弯弯的山脉
每个人,这时都适合吹响自己的小号
小镇上没有别的快乐
吹吧,我想,这没什么
然而四周仍然非常安静

每个人,这时也都适合带出每个人的狗
在外面走走
只有那动物在夜里能看见鬼魂

这是母亲说的,而她现在已成了鬼魂
我脸上只一些店铺的灯光和烟头的亮光
我走着我的路,我想现在,可能就在旁边
母亲也在走着她的路
只不过我看不见了

月牙,像是从更高的地方
一直掉下来,落到那儿的
一件别处的东西
因为没人捡拾,而更暗淡了

蓝书

手表

有时候手表被取下来才能看见里面的东西
它安静、冰凉,它是人的某种器官
但是离开人后也还是走动着,在桌上,声响
几乎能传到千里之外,找到它要找的那个人

我的手表找到的却是父亲
几十年过去了,证明手表里存在着一条长河
也许,父亲只是在一块手表下面
用钢笔画出了我的一只手臂,而不是相反

但最后被洗掉的却是手表,以及父亲
天空没有任何的变化
在父亲消失后,我的手表上,出现了一个
唯一的最后的终点。我的手表

更像是专门为石头做的钟表,在给石头
计量时间。有时候,只是表盘上那些数字
在转动,而那些指针全都静止着
手表,在腕上一次闪现的反光里像一片湖水

存在着。更多时候它不是手表而只是一种

仪器，测量我们死亡的痛苦。我们没什么可写。所有手表都是这块土地上的。指针每一秒钟都在走动，没有人可以帮助我们

道路

秋天,蓝天是光滑的,远远地就能把一些声音
折射回来。一些人在很远处,把他们不需要的
一条道路抬了起来,挪到了一边
太阳明亮,那是条真的道路,所以才冷清、僻静
你一个人在路上走着
从寒冷、从光芒和从气息中,都能感到周围
有一座积雪的高山
因此,散步也有可能会发现雄鹰,有可能会
遇到真正冰冷的岩石

等待

记得在饭馆里吃饭时,我低头
端着一碗米饭,而忍不住热泪涌流

因为知道了母亲的病已经无法治愈
她正躺在街道对面那家医院的病房里

我的两个姐姐在一旁含泪劝我
我差一点儿就要跑出饭馆放声痛哭

天气炎热,在省城,我们给母亲
小块小块地喂一些西瓜解暑

转眼许多年过去了。痛苦始终管理着
我们,我按时起床、上班、下班

有时在街上,我站在那儿也只是在等着
时间再次安置我们,我已进入不了眼前的世界

而一直就那么等待着,慢慢地
也快要消失在空无之中

蓝书

旷野

马在旷野上低头吃草,似乎把头伸到了
一个很深的地方,伸到了
地面打开的窗户里头,观看里面的风景
远处一个小男孩儿叫喊着,声音以及他
喉咙里散出的气息,都存进了旷野的空气里面

多少年后都能找到,都不会消失
周围一片安静,只一些风从耳边吹过
什么光,照到这时候的旷野上,旷野都会
把光反射到远处的某个
地方,照亮正在那里默默走路的人们

土炕

烧炕用的是山上的落叶、枯草
炕上睡着三个人,父亲、母亲和我
烟在我们身下缠绕、飘动,最后通过烟道
飘到了天上
或者会加入云团,或者会跟随一只鸟飞上很久
而我小时候很少能看到这些
我小时候在炕上看到的只是屋顶、墙上糊着的
　报纸
三床被子,以及老是睡在炕角的一只花猫
当我们睡下后,全身才算非常暖和地舒展开来
想到秋天一次次去山上耙那落叶、枯草还是值
　得的
一整夜,会梦到很多的事情
身下树叶、枯草簌簌地燃烧着
烟,非常沉重但也一直飘到了天上
在星空下
像石头一样没有声音,慢慢飘到了山外

蓝书

院子中

太阳高悬在房顶,离这里越来越远了
鸡,仍然守卫着院落,爪子磨得像小刀
雪被安排
前往远处——查看那些贫困的人家

院子中,两个小女孩儿给一个不存在的人
刚刚端上用石子、树枝和干草做的饭菜
然后看到它被吃完了
她们又在下午默默地洗刷着碗筷

厨房

我母亲,抱着一只被孩子们的土块打晕的鸡
进到厨房
那是冬天的事,然后母亲,把鸡放在了
饭后尚有余温的灶台上面——过了一大阵
这只鸡就醒了
这事到现在,我已经回想过很多次,我感到
把母亲抱着的那只鸡,换成鹿,或是狼
或是一个女子都行
这可能就是一个童话
而厨房,始终都是真的
里面没人,非常安静
灶台上的余温,也是真的,它挥发到空中
也非常像是
某个生命呼出的热气

六月(二)

樱桃,一颗颗像小小的红红的矿石
一棵树就像座价值连城的矿山,在风里面变红
溪水叮当作响像是有小锤无止境地在锻造什么
整座山上,在你耳膜附近的空气深处
都有着这种锻造的声响,一直响着——有人在
　某处
按照我们的干渴,打造出了樱桃

冬日的河水

河水,夜里并未停止流动却还是结出了
静止的一层薄冰
一个孩子白天掰下这冰块放入嘴里,品尝到的
就是河水的静止
冰块洁白、寒冷,也适合放在一个人的遗体周围
高空中星星在静静闪烁,狗偶尔才叫几声
整个冬天,真正有力量的神灵,基本在
冰块下面支撑着冰块
牛群、羊群因此才能慢慢在上面走过,知道了
河水里面存在着一座坚固的大桥

蓝书

甘南集

因为天空,我头盖的内侧似乎也是蓝的
马匹,以及我手指的背上似乎都有一名骑手
他们行走着,在我抚摸你的时候都唱着歌

一

云朵,如同冻肉上的羊油凝固在天边
但是花店里
花朵任何时候,都像是刚宰的、新鲜的羊肉

二

天空那么蓝,似乎稍稍用力呼吸一下
天空也会薄膜一般
被吸到我的脸上

三

一匹马英俊,一匹马清秀,一匹马憨厚
但都在拉车,命运全都一样
和那些小伙子,完全不同

四

一只狗远远地在牧场里吠叫
在一个向阳的山坡上
万物的沉默,都是回答

五

有神安排着上百万头牦牛的雌雄、黑白。有神
安心地在帐篷里梳着自己的长发。那在公路上
磕着长头去朝圣的人们,看见了这个安排

六

鹰从阳台前飞过去,观看着楼内
人们的生活
感到那些山石,也适合做人们的枕头

七

总有一天,老人走出帐篷会看到一个
浑身发亮的神灵向他讨要一碗奶茶,然后老人
转身,就看到奶茶从山上的石头中流了出来

八

来自牧村和来自农村的老奶奶几乎一样,在街边
都那么珍惜地吃着一根雪糕
鬓间几根白发,像溪水新结的冰般那么洁白

九

白天的半个白色的月亮,仍然
让人仰头、观望
但只让一个人,安静了下来

十

青稞面烙成的馍,仍和耕过的土地一个颜色
那冬天,麻雀吃到这种馍渣时,翅膀颤抖着的
那种快乐,仍在一个个小男孩儿中传播

十一

吃着被煮熟后风干的蕨菜烩菜、腊肉时想到
有的人可能也吃不到这些而
坐在某个地方,静静地望着寒霜后的国家

十二

泉水流出不远,渗进了一片树林
之后又穿过泥土、树根,返回到泉眼
流了出来。夏天很快就过完了

十三

追了几日,狼也不知它的猎物去了哪条山谷
但始终知道月亮在哪里。有时就朝它长嚎
有时只是在山顶默默走着,像一阵细雨

十四

雪薄到刚刚能显出鸡的爪印,不过还是完全
埋住了麻雀的小爪。整个冬天麻雀都想
看下自己清晰的爪印,而等着更薄的一场落雪

十五

所有的日子,草原上连苍蝇也是干净的
帐篷里,始终都能看到湛蓝的空气
然而你仍然不来,山岗更加干净了

文字
——甘肃舟曲泥石流灾难纪念

老人脸上的淤泥
在桥梁上面流淌的江水,以及
水中的鱼
都是只适合于死者的眼睛
观看的东西

泥水、沙石,还有
里面的遗体
给县城砌了一条新的街道
谁也不敢
在上面行走

文字,只适合于写给
不看它的人
因为不看
它已带给了我
更大的轻松和自由

篮球

篮球的或是孩子们的傍晚,慢慢地暗了下来
篮球被拍起来,被抢到手里又被扔了出去
从山岗上,一定能看到,它是一种奇异的事物

像那八九个孩子共同的心脏,在那里跳动
场边是些碎石、枯草和薄雪
头顶,云朵里只有云朵自身低飞的轰鸣
一个孩子加进来,也抢了一个
球,圆圆的被抱在怀里
在黄昏里闪着微光,他们谁也不知道它
是一粒尘土
多年后在今天,慢慢落了下来

山峰

那些山峰并不是靠竞争而是靠经验屹立在了那里
山顶上基本是岩石和积雪
山体内一些巨型岩块,只一小部分露出地面
雪线下大片的针叶林,黑色,没有动静
鸟,有时候也会因为树枝的摆动不停啼叫
那些山峰,全靠经验保持着沉默
那些山峰远远地存在于地平线上
人们一直都靠自己的知识,在判断它们的有无

早春

一

所有新发的叶芽都感到了空气的冰凉
阳光穿过树林,被分配到了
每一个芽尖上面
在林子深处,有一双眼睛在等待着睁开
溪水溶化了它里面的一块石块
流动着,而没有人发觉

二

河床里雪水,偶尔只能从踏入的马腿上
感到点儿温暖。不再有冰结在石头上面
溪水的波纹很小,但仍然一次次冲击着大山
从马的眼睛里,仍然能看出早晨从缰绳上
传递给它的意思——里面有一座白色的大山

蓝书

在山里

有的花,像是小号,有的像是灯台或是弯月
天空蔚蓝,镶嵌了石头的溪水清澈、冰凉
大部分花朵,羚羊都能够得着但都没吃
也许花上面有一种不让挨近的光焰
另外,花上面也还有一些安静、明亮的雨珠
神,以它的不现身,来保证它的真实性
但美则处处会显露出来
风吹过山谷,岩石在阳光下闪耀亮光
树木,支柱般撑起了来自空中的一部分重量
其他的重量,都落在了空无、寂静的上面

李子花

李子花有一些像清早的新雪。在一片
嫩叶新发的灌木中，鸟的眼睛显得更为黑亮
风把一些李子花的白色花瓣吹得落了一地
有些落到泉水中，慢慢地将会被泉水溶化
很难相信，过去了的三十年，不是像
三十本书在某个地方放着，而是全都消失不见了
而这片山林还一直留在这里。鸟偶尔
会鸣叫几声。李子花静静盛开，满树雪白
我独自一人看了很久，感觉到了
一朵花与另一朵花之间的区别，也感觉到了
素雅、质朴所带的那种孤单

樱桃

樱桃里面的汁液,像是一个星球地下的岩浆
那都是樱花在整个春天中吸收到的东西
山谷、潭水、云朵,里面似乎都有
可以成为樱桃的东西。在一片潭水的
最上面,映着的都是樱桃的影子,鲜红、宁静
下面则还有翠绿的树木、连绵的山峰
作为一个有樱桃的星球,地球可能
在蓝色中也会稍微显出一点儿红色
至少七月,有几座山脉会稍微变红一些
然后又会慢慢多些金黄,然后才会被白雪覆盖

群山

一

群山连绵。公路向山顶爬升
山坡上那些石头,仍然适合打磨
做出一副透明的眼镜

二

溪水和一支射出的箭相反,在山中
不是笔直而是弯曲地行进,保持着明亮
最后,也一样到达了目标的身上

三

白桦,树皮光洁像是一件瓷器的白釉
人消亡了,国家消亡了
它上面的光也不会减弱,不会消失

四

蜂箱之中,无数蜂巢相连,没有灯火也像是城市

在群山中,只要一直走,你也能到达你的城市,
　走进
一片高楼中属于你的那间屋里,如蜂巢中的一
　个小格

红嘴山鸦

仿佛刚啄食完红宝石一般,它的嘴
坚硬、鲜红,从很久以前
飞过草原,就学会了一种婴儿般的叫声
身躯仍保持着黑色
嘴,永远都像燃烧着
但从它的嘴里,也许仍能
找到一些完整的东西,一些未被烧毁的东西
散发着一种荒凉的味道
一只只红嘴山鸦飞旋在村镇上空
放弃了属于个人的词语,在鸣叫
下面的雪闪耀着平静的光芒

红桦树

大部分人感到,红桦树的树皮就是它的花朵
少部分的人感到
蓝天上高高飞翔的几只鸟,是它的花朵
溪水在山下,在没有山风
树木非常安静时,能听到它流淌的声音
红桦树,树干火红,绿色的叶子
就像长在火焰之上
早上,整座山,像刚从地下升上来的样子
一身的水,然后慢慢地被阳光晒干
大部分人感到,红桦树的大门和窗户都朝山下
　　敞开着
里面非常凉爽
住着一个女子
少部分的人感到,尽管里面
是有一个清凉的女子,但红桦树
还是一座
已经开始燃烧了的却还等待着神的庙宇

初夏

每一朵狼毒花的花冠几乎都符合几何学关于
球形的规定,球体由二十几个火柴头般的红色
花蕾组成,然后它们又开出了白色的小花
它开满草原,人们的帐篷就扎在
花丛之中,一条溪水在旁边缓缓流淌
秩序是存在的,哪怕是在广阔的草原
狼毒花每个球形花冠,上面的每一朵小花
都知道自己在生物、几何、美学之中的位置
然后又准确地聚集在一起
有人折下一些后编成了环状的花冠
戴在头上,作为一种初夏的符号,感到了那些花
轻微的压力,那些花,同样也感受到了花冠下
人的灵魂作为真实的存在,发出了轻微的战栗

蓝书

送饭

四月，河水依然是小鱼们的房舍
透明、清亮
在桥上，长久地注视着下面
翻卷的浪花，感觉河水就像
在向上倒流一样
我提着黑色瓷罐里母亲盛的午饭，在桥上
站久了，感觉也应该有给水里的
小鱼送饭的人
我走向山里
风晃动着山坡上的树木，那些树枝
还没叶子，不过也绿了许多，柔软了许多
我能想到，在山里耕地的哥哥
这一次可能还是拿折下的一根树枝来当鞭子
山谷中风已经吹来了
他吆喝耕牛的声音。我快到了
我提着那只瓷罐加快步子
多年后，当我重新看见我自己
作为一个送饭的人
走向那一片耕地，却感觉像走向了
一座透明的监狱
里面，哥哥始终沉默着一句话也不说
那头牛，始终沉默着甩动着尾巴

我站在外面，没有一点儿办法
我大声地喊着他们
一边用手摸着怀里的那只瓷罐
里面母亲做的饭已经慢慢地凉了

蓝书

泉

山雨之后河水被放弃了，因为它混浊
太阳，尽管来到了这河边，但也不会
喝这水的
它是我们这里的太阳
它在林里走得太渴时，可能也会用小刀划开
一小块树皮
然后就抱着树干，唖吸着那里的树汁
桦树的汁液最多、最甜
我长大多年再没喝过
比这更好的东西
山雨之后，母亲打发我去挑泉水，路上
我却会追逐鲜艳的小鸟，钻进林草之中
而那里，各种花朵玉石般安静
我用铁勺在泉眼旁
刨了一个小坑，然后等着
泉水慢慢盈满那里
从那里舀上一勺，然后又等，听着
鸟在山上响亮的叫声
一直到舀满
两只水桶，把它们挑回家里
并不忘揪几朵花

和几片绿绿的草叶放到桶里
一路上，它们在水面上晃来晃去
为我减轻了两桶水的重量

蓝书

喂马

院子里比屋中冷了许多，星星
在天上，静静地照着这条山沟，除了目光
没有和这一样的了
我找到背筼，来到草房中，放下手电筒
一把一把地撕下填得很瓷实的干草
装满后背起来，走向马圈
这时候我就是跪下，跪着走上十里，来到神前
又能怎么样呢
这一刻眼前也不会变得
更亮一些，双手也不会变得更暖和一些
马圈里面，只有一点儿手电筒的光
还是能看到那匹黑马
一双安静的大大的眼睛
看得出来，它已永远地站在了语言之外
站在另一个世界之中
在这漆黑，散发着马粪那种氨味的圈棚里
像我们默写生字一样，它可能
一直在心里默写着自己的著作
在一个又一个这样安静的夜晚
但我进去后它还是和往常一样
甩着尾巴，低头吃草
那么平静从容

好像在这漆黑的屋子里
在我开门之前,它已经把那著作交给了
能够读它的人